忘年之雪

羽尚愛——著

有時，當我抬頭仰望天空，仍會想起那飄著細雪的洞爺湖畔，在一望無際被白雪覆蓋的世界，我就如同白紙上的一個點。我的靈魂、時間、意識，可能都從那個時候停止下來了。

改編自2015-2016日本北海道洞爺湖

【目次】

第一章、一日之初

天還未亮時，鏟雪車會把昨夜降下的大雪掃去，路面會露出來，迎接即將駛向他方的人們。旅館的櫃檯人員會清掃門口的積雪，廚房烹煮著熱騰騰的佳餚，女侍們忙著準備餐具與用餐的地方，客人們還做著美夢，新的一天才剛要開始。

早晨

早晨，吉川緩步從宿舍走出，昨晚下了一場大雪，將地面直至遠方的山頂都染成一片雪白。他很喜歡現在的靜謐感，最多只有不遠處鏟雪車的聲音，要是在晚一些就會充滿遊客喧囂的聲音，不過那時的他已經躲進工作的溫泉旅館內。但想到早上還要應付那些來自中國的旅客，他就不免皺著眉頭，那不光只是溝通上的不方便，還有許多。

從宿舍到溫泉旅館不用十幾分鐘，不過只要離開洞爺湖的溫泉街，就很少會看到旅客，這裡不光只是因外來的觀光客而有了變化，也蓋起各種大型的西式飯店，不過吉川工作的仍是老舊的日本旅館，裡面維持著不少傳統，但這似乎對旅客來說並沒有什麼吸引力。就連吉川也覺得自己工作的旅館有些過時，可這也不是他能煩惱的事情，只要能有一份穩定的工作，這就足夠了。

突然，吉川的腳踩在了一層融雪結成的冰上，使得他整個人都誇張的擺動，才好不容易保持平衡。

圖1　昭和新山

這些危險的小陷阱通常都會新雪底下，或是一些不容易被注意到的路面，只要稍有一個不留神，就容易摔的四腳朝天。

「真是危險！」吉川抱怨的說道，他試著壓低身體，好讓自己就算踩在冰上，也不會因為腳滑而失去平衡。他是不應該去思考這些事情的，反正也無關緊要，對於一個五十多歲的人來說，彷彿只要到了這個年紀，就算想到什麼，也很容易失去熱情，更別說要試著做什麼。

想起年紀與熱情，吉川就會想到溫泉旅館內新的同事，他是來自台灣的年輕人，名子叫做陳建國，建國這兩個字用日文發音還真是繞口。吉川每次都會這樣想著，還好他有另外一個比較好稱呼的方式，只要稱為建就可以，用日文發音成健這個字即可。

建國不會說流利的日文，慶幸的是他聽得懂日文，儘管吉川自己也有一些口音，但工作上的事情幾乎都能交接，就算在忙的時候，建國自己也清楚自己應該做些什麼。即便他是從台灣來，也是一個年輕人，卻還不到讓吉川感到不滿或討厭的程度。而且吉川很喜歡在工作閒暇時，在休息室內跟他的聊天，那是為數不多的樂趣之一，有很多新奇的東西會不斷從他口中跑出來，有別於新聞與他人口中得知的故事。

「呦，早啊。」吉川剛走進休息室，建國已經換上工作的衣服坐在旁邊。

「早，我已經把推車都放到定位了。」建國轉身向他說道。

「那就先等吧，反正還有一段時間。」吉川點了點頭，隨口說道，「你從宿舍走過來的時候要小心踩到融雪，那可是超滑的。」吉川拉長了尾音，透過這樣的方式來強調危險，但聽在建國耳裡卻不免覺得有些好笑。

「啊！太晚了，我剛才來的時候已經摔過一次。」建國做出一個誇張的動作。

「哈哈！很滑對吧。」

「都嚇醒了。」建國搖了搖頭。儘管吉川有時候也聽不太懂建國在說些什麼，但從他的動作及語氣，不難猜得出他想表達的。吉川從外套口袋裡拿出煙，忙碌的一天才要開始，但這樣也不壞。

旅館工作

建國比對手中的名單，上面詳細地標示著早上不同時段要收床鋪的客人，這是他主要的工作之一。在日本傳統旅館裡的和式房，房間裡會鋪著榻榻米，是沒有床墊與床鋪的，在晚上客人入住後要幫客人鋪床，早上則是要在客人用餐前收床。早上收床的工作較為簡單，只要把床單、枕套這些拆下來，再把海綿墊、床墊放回櫃子裡。

每間客房最多可容納六人，像這間旅館一共有四層，每層十二間，建國一個人幾乎就要負責二十四間的鋪床與收床服務。晚上通常都會忙的全身都是汗，一個床可以拆分成，海綿墊、床墊、棉被、枕頭四個部分，除了依序的擺放好外，床墊上的床單是要由建國自己鋪的，他常很敬佩吉川處理四人房的時候，幾乎不用五分鐘就可以搞定，也就是說平均一分鐘他就可以鋪好一張床。

早上收床只要拆床單與床套，並集中收進大袋子中，看似簡單，但早上的狀況很多變，通常日本的客人都會習慣在房間內用餐，除非外面的用餐區沒有大量的旅客，這點櫃台也會事先告知。六點到八點每三十分鐘為一個時段，看他在幾點起床，有無用餐，幾乎就可以知道他是旅客、或商務客、國籍與習慣等，對建國來說也是很有意思的地方。像日本人多會集中在七點或六點半起來，避開七點半與觀光客相遇的時間，以及在那之前再泡一次溫泉等。

建國比較少接觸到商務類型的日本客人，那多數都是由吉川處理，這不光只是建國不會說流利的日文，還有禮儀、敬語等各種問題。記得在剛到這裡來的時候，吉川還特別交代過，要是遇到任何麻煩，只要表示自己不是日本人並抱歉，就可以解決問題。建國到現在還未對旅客這樣說明過，或許從他的發音來說，一聽就不是日本人，所以他們並不會對他有所要求，但這也是讓他覺得不習慣之處。

「早安，我是來收床鋪的。」建國敲著門，他知道這間房間是日本客人，昨天晚上他也有幫他們服務過。在這裡的工作通常是跟著客人入住到退房來算的，即便放假，也是從今晚上到隔天下午。

房間內隔了一會才傳來回應，通常日本人都會在指定時間前，先將外面的門門鎖打開，方便建國進入。進入房間前會有脫鞋的地方，一側是廁所另一側則是擺放枕頭、床墊的櫥櫃，房間會由一扇拉門隔開，建國會在拉開拉門脫去拖鞋的同時，一邊跟裡面的客人告知：「不好意思打擾了。」確保客人知道他進來房間，避免誤會。

房間位於四樓的中央，透過窗戶能見到近處洞爺湖的全貌，丈夫就坐在窗子旁的沙發以上，妻子則是正在忙著整理行李。建國覺得這也算是這份工作有意思的地方，雖然難以從這樣的行為，判斷他們平日的相處也是否如此，但行為模式與對外的相處方式卻好像有著某種聯繫。

建國快速地拆下床單、枕套與被套，並將海綿墊與床墊收到櫃子內，枕頭與棉被則可以放在房間內的一角，待晚點客人退房後，女侍會將其套入新的枕套與被套。過程裡他們偶爾與建國寒暄著，內容不外乎是問建國從哪裡來，為何會在這裡工作。儘管他們會與他聊天，但有很大一部分原因是他們知道建國並非日本人，因此相處上就不需要太拘謹，建國並不習慣這一點，他總覺得難以容入這個環境與文化，這也讓他特別的想念家鄉。

將擺在門口用餐的餐桌置入房間後，建國邊拿起一旁用過的床單與被套，一邊向兩人示意告別。這樣早上的一間房間就算是收拾完成，再來只要告訴在該層茶水間的女侍，讓她給客人提供餐點即可。今天留在四樓的是小梅，她算整個旅館年紀最小的，因為外表長的可愛，旅館裡的人也經常會開她的玩笑。

「407已經收拾好了喔。」建國向她說道。

「好，405也麻煩你，他們要提早用餐。」

「405嗎？我知道了。」建國點了點頭，通常在一個時段區間裡有任何異動，都會互相告知，避免耽誤客人的行程，這點對於守時的日本人尤其重要。

建國將手上的床單與被套放到角落推車的袋子中，並從重新拿出名單在405與407號房做新的標記，方便他知道哪間已經處理完畢，或是其他的狀況。時間是六點四十五分，處理完405號房後離忙碌的時段還有一些時間，今天在客房要用餐的客人多數集中在七點十分之後，團體客人則是在七點半，若不是在客房用餐收拾起來就方便得多，但因為旅客都容易睡過頭或叫不醒的關係，有時候也滿容易造成困擾。

405號房間內的日本旅客與407差異不大，建國昨天記得他們與他聊了滿多，今天早晨房間內的兩人則是很專注在窗外的景色，與彼此交談的過程之中。建國沒有多說什麼，也沒有做出任何多餘的動作，他只是很快地完成自己該做的，盡可能在不打擾兩人的前提下結束他的工作。

「405也已經處理好了喔。」建國同樣地向茶水間的小梅回報。

「好。」小梅邊說邊繼續忙於手中的工作。

日式旅館與一般飯店不太一樣，通常是區分成櫃台、餐飲部、房務、廚房等，但這裡餐飲與房務基本是相結合的，區分方式則是男女有別，一方會被稱為女侍，另一方則稱為番，女侍除了招待客人外，還要熟悉各種用餐的禮儀、餐具、基本擺設等各種細節。因為日本傳統懷食料理，都是一食一皿，建國每次覺得自己要區分容器的差異就覺得很傷腦筋，這不光只是招呼客人是如此，在員工餐時他們也會這樣區分，可以說是飲食習慣上的不同。

利用中間空餘的時間，建國從四樓來到三樓的茶水間，他重新核對三樓客房內要用餐旅客的時間，另一方面也與其他的女侍們打招呼。在女侍中除了小梅外，比較特別的是另一個來自台灣的女孩，她與建國年紀相近，或許是身在異地的關係，兩個人總是有話題可以聊，雖然多數都是抱怨工作，以及一些無關緊要的小事。

建國從茶水間後方通往廚房的走廊裡，尋找到那個熟悉的身影，芳瑜有著170公分的身高所以不難找到，她工作的時候都會將頭髮綁起，從旁邊看就會呈現一種自信的美。

「芳瑜，今天晚上妳有空吧？」建國向她喊到，用手比了一個吃麵的動作，兩個人幾乎很少有機會同一天放假，建國自然是不想錯過這個機會。

「八點半。」芳瑜匆匆地說道。

「ＯＫ，妳忙完再找我。」建國向她說道，芳瑜的工作時間是以正常的一天來算，儘管晚上建國不用來旅館工作，但她還是要忙到八點後才會結束。芳瑜沒有住在女宿舍，是與跟建國住在男生宿舍的二樓，只要她有需要建國都會建議她直接敲宿舍的門就可以找到他。建國感到相當開心，那不光只是他成功約到芳瑜，還有一些他想要去期待的事情。

建國與洞爺湖畔

建國簡單與吉川交班完，並到櫃台與工作人員及店長打過招呼後，這才從旅館離開。在溫泉旅館工作的時間通常是當日下午四點半到八點，與明日的早上六點開始到下午兩點。雖然看似兩班制，但要跨日，比起建國在台灣做餐飲業的兩班制又不太相同。

每當中午空班時建國就會到旅館前方的洞爺湖畔，他會坐在長椅上，有時看著遠方山巒與雲霧，與路過的旅客，以及天氣的變化。這是建國來到這裡來才養成的習慣，尤其當白雪緩慢地落下時，他會覺得身體裡像是有什麼被抽離了，一切都會淡去，煩惱也好，時間也罷，最終一切像靜止一般。唯有在這個時候建國便會清楚的聽見自己的心跳，緩慢的呼吸聲，遊客喧鬧與細雪被踩過的聲響，還有風吹過湖畔的聲音。

這麼說肯定會被人笑，尤其是與建國自己的朋友談起這些時，他們肯定會認為他像是一個老人。就像建國自己在當完兵後就來到日本打工渡假時，也有不少人的反對，甚至還有人笑他連日文都不會，到日本來能做什麼工作，根本是浪費一年的時光。那麼計畫呢？可能也沒有，建國覺得自己是逃出來的，因為他的成績並不優秀，就算在飯店的廚房工作，師傅也會嘲笑他要書別唸的太多，還不如即時行樂。或許到了日本就能有不同的答案，但建國也不清楚那具體是什麼。

在旅館的工作上並不輕鬆，忙得時候很忙，甚至就像吉川說的，每處理完一個房間，汗就會像雨一樣落下。且有許多細節要注意，像是禮儀，清潔方式等。但在這裡工作卻不會有一種讓人窒息的感覺，不會有找麻煩的主管在後面盯著，或是有閒言閒語的員工。建國可以安排工作的時間，與片刻的休息時間。

建國不敢保證其他日本的工作也是如此，或是在台灣的工作就是相對操勞，但吉川也說過自己滿喜歡這份工作的，他是一年多前才來到這裡，卻像已經做了很久，熟知旅館內的大小事情。

還有很多事情需要學習與適應，對建國來說這是一個好的開始。有時他也會思考一個朋友說的話：「這是一個空殼的時代，即便外在擁有再多，內心也填不滿，很快就壓碎、壞掉了。」

建國將目光從思緒拉回現實，從近處的融雪、湖泊、山巒直到天空，今天是晴天，就像他與芳瑜兩人見面的那天，建國嘴角不經露出微笑。儘管一切都改變了，他內心還是經常想起台灣，擁擠的城市、隨處可見的小吃與便利商店、還有網路的論戰與媒體。那些已習以為常，現在卻讓他經常思念的事物，就像這晴天，使洞爺湖畔清澈、明亮，也同時讓他感到寂寞。

圖2　羊蹄山

第二章、深埋於雪

有些事藏在心裡，更多的藏在酒與深雪之中。

吉川與酒

晚上的工作很忙，因為建國不在，鋪床的工作還要麻煩夜班櫃檯的村上，他是個白天都在滑雪，專著在玩樂上的年輕人。兩人在休息室裡通常很少交談，除非建國在的時候，氣氛才會比較熱絡。不過忙歸忙，處理觀光客的好處，只要他們不要太晚到達旅館，工作在八點之前都可以告一個段落。

旅館工作為數不多的優點，那便是有免費的溫泉可以泡，吉川很喜歡這樣的生活，在工作結束後泡上溫泉，回去路上在一旁的雜貨店買一些啤酒，到宿舍後就可以邊看電視邊喝著酒，那是一大享受。當然，只要客人進入浴場時能把室內拖鞋放在鞋櫃，不要隨便戴著毛巾，或穿室內拖進入溫泉池等的發生，一切都會好很多。吉川很難理解為什麼他都做標示，甚至在入口處立了牌子，還是有人會不遵守。

幸好今天狀況不多，吉川早早就結束工作，泡完溫泉後他覺得身體很暖和，手裡提著裝啤酒的袋子，也讓他感覺特別的踏實。夜晚順著白天時的路返回宿舍，道路兩旁鋪滿厚重的雪，越往宿舍燈光越少，就像是吉川消失在這黑夜之中一樣。吉川也喜歡這樣的寂靜感，與白天不同的，彷彿一切都會消逝與結束，包含煩惱、疲倦以及許多。

遠處有兩個人的身影，與建國及芳瑜很像，吉川知道那個女孩，旅館的人會稱她為小芳。有了小梅與小芳兩個年輕女生後，工作氣氛確實是活潑不少。吉川沒有向兩人靠近，他轉身朝著宿舍後方的小徑走去，他不確定兩人的關係，也不願多做猜想。但吉川知道自己有一些羨慕與忌妒，他想起了自己離婚的妻子，與一些零散的回憶。

小徑有別於一般的道路，就算是住在宿舍的人也很少會走這裡，吉川的腳踩在鬆軟的積雪上，雪深超過他的腳踝，發出細微沙沙的聲響。他很慶幸今天買了酒，很快這些記憶都會隨之忘去。就如同現在的這些足跡，到了明天早上會隨新降下的雪消失無蹤。

芳瑜與建國

在通往戀亭拉麵店的路上，建國試著將自己的腳步放慢，好與芳瑜一同行走，或有時候走在她的後方，他很喜歡凝視著她的背影，那總會讓他想起一些美好的回憶。穿著便服的芳瑜外表並不算突出，但對建國來說已經算相當不錯，要是過於漂亮與出色，反而會讓人有些難以接近。建國也知道兩人是不太會有再進一步的發展，那不光只是她有心儀的對向，而是他想要試著保持現在這樣的關係，若兩人回到台灣後還有聯繫，那到時候再認真看待這份感情也不遲。

建國偷偷地從到路旁的積雪捏了一顆鬆軟的雪球，並向芳瑜的背後扔去。雪球幾乎在還未碰到芳瑜時就已經在她的背上散開，將她蓬鬆的黑色大衣染上銀白的細雪，看起來就像是遠方的銀河。

「建國，你是太無聊嗎。」芳瑜轉過頭來給了他一個白眼，她是個性很直接的女生，並不會特別掩飾自己的想法。

「我很久以前就想扔雪球看看。」建國沒有打過雪仗，他來日本的時候是在高中交換學生時，曾經去過一次下著大雪的長野，從那之後他就一直想要再來到日本一次。

「你這就是討打。」芳瑜也從腳邊的積雪捏了幾個雪球，每一個都很結實，向建國扔過來的時候，也完全是用盡全力的。有一球正好扔在建國臉上，他痛的摀住臉，正當芳瑜關心的靠近時，他趁機朝她的臉將手中握著的雪灑了上去。見她生氣的樣子，建國就笑了起來。

「你不要跑。」芳瑜在建國身後喊道。

「才不要呢。」建國跑在前面，但他沒有跑得很快，不光只是怕一個不小心滑倒，而是他想要維持在芳瑜雪球能丟到，卻又不見得每次都丟得准的距離。

若是靠近溫泉街近一些，那裡還會有一些遊客，但在此時街道上只有他們兩人。不會被任何事物打擾，不用去擔心或煩惱未來會發生的事情。建國突然覺得自己有些忌妒芳瑜在台灣等的那一個人，他也希望可以認識這麼好的一個女孩。

噩夢

吉川做了一個夢，夢裡他回年幼的時候，當時他跌落雪中幾乎都要被埋住，黑暗、冰冷與孤獨。吉川想念著母親，但母親與父親離婚後就再也沒有來見過他，父親總是一個人喝酒，心情不好時便會對他施暴。吉川是被親戚養大的，在一個偏遠的鄉下，他幾乎沒有體驗過一個正常孩子的童年，也不知道那是怎樣的。當被雪埋住的時候，他開始覺得很害怕與恐懼，隨著逐漸失去知覺，不再有多餘思考時，他希望自己在那個時候就這麼死去。

吉川驚醒過來，冷風透過他忘了關緊的窗戶吹進，電視還播著吵鬧的節目，酒精在他的身體裡作祟。該死，他心想。他試著站起身，吃力的把窗戶關上，想伸手去點開暖爐，卻不小心被點燃的火焰燙到。可惡，他大力的拍著暖爐，但這並不能讓他心裡好受一些。

吉川打開房間的燈，點起桌上的菸，深深地吸了一口。他很想要睡去，回憶卻讓他清醒，他想起與小梅年紀相同的女兒，想起多年前忙於工作，而無暇顧及妻子與孩子感受的自己，想到稍早前見到的

手繪i　背影

兩人，深怕女兒會認識一個不愛她的人。這些回憶讓他感到煩悶，卻又像剛才被燙傷的手指隱隱作痛。吉川想伸手去拿啤酒，卻發現那都只剩下空罐，就算再怎麼努力，也倒不出一滴。

吉川不記得自己是怎麼睡去的，他抽了很多菸，看了很多無趣的綜藝節目與新聞，回憶時而穿插在其中，既真實又虛幻。他在鬧鐘響的時候頭疼的醒來，拖著沉重的身體開始新的一天。

第三章、禮與外

禮是一種必須，就像刻印在骨頭與血肉之中，難以隨自己的喜好而改變，充滿集體意識與文化的意涵，亦包含矛盾與衝突。

中國旅客

早上，通常在觀光客用餐的前後會是旅館內較為忙碌的時段，在這裡的旅客通常都是中國人居多。早上的狀況多變，有叫不起床的，或是早已經先用過餐的，也有不在房間的，旅客多半會認為這是他們自己可以選擇。但在女侍或旅館的角度來說，她們必須準時叫醒旅客，讓客人按時用餐，並在指定時間送客人離開，所有事情都要在拿到的時間表上依照規定完成。

建國經常會看著女侍們在用餐區急著跳腳，礙於語言溝通的問題，她們多數的時候會讓芳瑜幫忙叫醒客人，若真的來不及她們也會拜託建國來幫忙。大概每隔五分鐘就要敲一次房間的門，提醒客人起床用餐。建國覺得就算今天不是中國的旅客，換成台灣或其他國家的旅客，也會有類似的情形發生。

有的時候建國在房間內幫旅客收床時，若是遇到中國客人，他們多半都會與建國討論到關於政治的議題。建國並不太了解政治，很多時後他都只是看電視新聞的內容，或偶爾與人接觸會聊起，但朋友之間很少會談論政治，甚至只要是跟政治有關的就會令人產生反感。

但中國的旅客很喜歡聊政治，尤其他們知道建國是台灣人後，就像開啟他們的話夾子，從總統實行的政策問題，到黨與黨之間的鬥爭，或是近期內發生的大小事件，他們幾乎都像是熟知般，能夠講出自己的見解與看法。讓建國覺得厲害的是，若與年長一些的台灣人討論起政治，那通常會偏向一方，尤其是對自己利益較大，或是影響較深遠的政策，含有比較多的個人想法。

聽中國旅客談起的時候，他會覺得這些內容比較全面，也有很多討論的空間，建國可以在談話的內容中提出自己的看法，從中去了解的更多。但在他過去與台灣人討論的經驗裡，很少有可以互相理解的時候，那過程到最後通常都會變得相當失敗，彼此變得必須避開某個敏感的話題，進而減少可能發生的衝突。建國在想，或許這可能是同年齡層討厭談論起政治的主因，因為不論說些什麼，到了最後都會變成強迫要接受另一方的觀點。若不接受，對方就會用各種激進，尖酸的話語批判與施壓。

浴場清掃

在建國的工作中，還有一項比較主要的是旅館溫泉清潔，早上他跟吉川要刷洗浴場，每天都會要刷洗不同的池子，一周內會將男女全部的溫泉池輪流清洗過。這裡的溫泉池主要分成冷池、主池與副池、水壓按摩與戶外池這幾個，當中會施放溫泉水的主要是主池、副池與戶外池三個，由於溫泉內有大量的礦物質，會沉澱在池子的下方，會在池內產結晶，要使用特殊的清潔液體來刷洗。

「這非常的危險喔！」吉川每次都會這麼說，刷洗浴場的時候也要戴上塑膠手套與橡膠靴。建國不太清楚那算是酸性還是鹼性溶劑，但在遇到水的候，因為池子還有一些溫度，便會因此會揮發，那通常都嗆得令人難受。

除了池子的清潔外，還有包含外面的公共區域，這裡有按摩椅、廁所、置衣架、鞋櫃等。吉川經常會在清潔浴場的時候發著牢騷，尤其是他在裡面發現客人遺忘的拖鞋、毛巾、或是浴衣時，他總能抱怨上一天。

「我在門口上已經貼上這麼大的標示，拖鞋前的區域也放上立牌，但還是會有人穿室內拖鞋近來，我真的是不明白。」吉川只要提起這件事情，他就會嚴格的告訴建國千萬不能這麼做，不管是在這間旅館，或是在日本其他溫泉旅館也是一樣。

在建國印象裡晚上泡溫泉時，很少會遇到日本旅客與中國旅客同時泡溫泉的情況，這不光只是入住時間的不同，有時候日本人為了避免尷尬與吵雜，也會避開一些人多的時段。

不過在這裡快要生活一個月後，建國有時候也會盡量挑有日本人較多的時間進入，除了可以避免吵雜與習慣上的不同，還有不用擔心會弄丟沐浴用品的風險。在日本泡溫泉的習慣都是將沐浴用品放在一個小籃子內，當使用淋浴時，如果淋浴下方有板凳，或前方有這樣的小籃子時通常就是有人使用。但若是非日本的旅客不見得會遵守這樣的習慣，除了會直接占用位置外，有些還會直接拿起籃子內的沐浴用品使用或拿走，這些都會讓人困擾。

另外泡溫泉的時候通常都不會遮掩，剛開始的時候建國有些不習慣，但久了似乎也就那麼一回事。建國時常會覺得能在下班結束後，將身體泡在溫泉中，消除一日的疲勞，是在這份工作裡最享受的事情。

休息室雜談

「我記得台灣在日本地震時震災的事情。」吉川說道，「那對我有很大的影響，儘管在這之前我偶爾會聽到關於台灣，但我一直都沒有很深刻的印象。」

「你可以去一次啊。」建國說道。

「喔，那太難了，你看我有休假嗎？」吉川笑道。

「我覺得時間會是一個問題，也不會是主要的問題。」建國猶豫的說道，他很難精準的表達，「而且從這裡到台灣不用一個小時，有很多美食、風景、還有很多值得一去的地方。」他試著提出一些具有吸引力的部分。

「嗯，我想有機會，我會考慮的。」吉川抽著菸說道，但他明白這也只是隨口說說，這對他而言太麻煩，他沒有出過國的經驗，要花同樣的時間與費用，還有更好的選擇。

「如果有機會來，也可以與我聯繫，我會帶你觀光的。」

「那到時後還得麻煩你了。」吉川看著建國認真的樣子，內心顯得有些複雜。

「關於今天早上發生的。」建國提起早上看見飯店人員排隊送別旅客的事情，她們會向觀光客行禮，直到遊覽車離開她們的視線為止。建國幾乎只有在電影或電視劇中才會看見這一幕，但在這裡只要遊覽車離開都會這麼做。

「那是日本人的禮，我們必須要做到這點，沒有例外。」吉川深吸了一口手上的菸，他顯得一點也不喜歡這麼做，也幸好在這間旅館他不用像女侍或櫃檯負責招待客人，「在台灣沒有類似的文化嗎？」

「我覺得不太一樣。」建國搖了搖頭。

「是嗎？可是我看電視上的介紹都說台灣是一個很有禮貌的國家。」

「嗯，這確實，但這不光只是只工作上的。」建國試著解釋，但他覺得這或許就是最大的不同，在台灣遇到什麼問題，就算在路上也會有人幫你解決，但在這裡就不一定，尤其是語言不通的情況下，他們多半會表現出為難的表情，然後婉轉的告知，不知道該如何解決，卻很少直接拒絕。如果是在工作上，每一個動作都會進行相關的訓練，確定一致與達到標準。

「嗯，就這間旅館來說，我雖然不喜歡觀光客，也不喜歡中國的旅客，但他們對旅館有著很大的貢獻。如果沒有他們，我們現在說不定都要餓肚子呢。」吉川尷尬的笑著，「當然我會希望有更好的選擇，我想你在這裡工作的這段時間應該也能明白。」

「嗯。」建國點了點頭，說實在的他並沒有太習慣在這裡的生活，他發覺那可能是他放不下在台灣時的那種相處模式。

很難說兩者之間的好與壞，在日本的相處方式中，他覺得這樣保持一定的距離，很多事情都留在表面，反而比較單純，但也會讓人感到並非發自內心。但在台灣主動幫忙，很多事情都無法區分開來，還要去顧及他人的情感或想法，反而將許多事情都綁再一起，變得相對複雜。不過這也只是建國一個人的感受，雖然文化與習俗是如此，但每個人都有不同的個性，就像吉川在與建國的相處上，他覺得並沒有受到排斥。

偶遇

在商店街上有著兩間便利商店，賣的商品其中最特別的是一整排的酒水，建國總會在此徘徊，因為不光是奶製品相對便宜，這些各類的酒選擇多之外也很平價。此外也有熟食或生活用品可以購買，雖然價格不算便

圖3　溫泉街街景

宜，除非要到外面小鎮的超市購買。

晚上在建國挑選一些宵夜後，他注意到遠處走進的身影，那是剛下班的芳瑜，他一眼就認出來。不過建國沒有馬上去打招呼，而是躲在便利商店的角落觀察，並等到她在將注意力集中在零食架上時，突然跳出。建國本想給芳瑜一個驚喜，不過事情沒有他預料中的順利，芳瑜不但沒有被嚇到，還本能地朝建國的鼻子揮出一拳，痛的他用雙手摀著自己的臉。

「啊，抱歉。」芳瑜慌張地說道。

「不要緊。」儘管建國這麼說，鼻血還是順著手流了下來，嚇得芳瑜連忙從包裡拿出衛生紙給建國。兩人慌忙了一陣子，才注意到四周的目光，這讓他們一邊抱歉，一邊連忙將手中的商品結帳並低頭快步離開。

這天夜裡沒有飄著雪，乾冷的風吹來有些涼意。兩人在離開便利商店後，在街道上顯得有些尷尬地看著彼此，隨即又將目光轉移到其他地方。

「你的鼻子還好吧。」芳瑜問道。

「幸好沒有從臉上掉下來。」建國摸了摸自己的鼻子，開了個玩笑。

「你真是幼稚。」芳瑜用力地捏了建國的手臂，痛得他哇哇大叫。

兩人緩步走在街道上，街燈拉長彼此的身影，雜談間混著雙腳踩過細雪的聲音，等回國過神的時候，已經坐在洞爺湖畔的長椅上，與白天能見到的景色不同，夜晚顯得昏暗、寂靜又帶有一些神秘。

建國聊起了自己在台灣的生活，與對未來的迷惘與煩惱，另外也說起對工作嚴肅卻又很會開玩笑的吉川，還有吉川提到的311大地震以及中國的旅客們。

「我自己也花了很長一段時間調適，剛來到這裡的時候我總是躲在房間裡哭呢。」芳瑜談到工作時忍不住笑了起來，而提及中國旅客的問題時，芳瑜搖了搖頭「雖然我也不怎麼喜歡中國的旅客，但這不光只是他們的問題，我想人都有好有壞，真要說我還覺得日本客人更不容易接待。」芳瑜苦笑著，儘管她的日文比建國流利，但女侍們還是很少會讓她接待日本客人。尤其是只要有一個細節沒處理好，儘管當下不會立即告知，但事後還是免不了被指責。

兩人閒聊了許多，緩慢而輕鬆的，有時靜下來就像是彼此都想起什麼，或傾聽對方的聲音、或看向近處的積雪，不需要刻意的找話題，亦能用心交流。到最後彼此也都想到相同的事情上。不論過去發生什麼，或在日本有什麼不愉快的經歷，此時能身在這裡，有快樂亦有悲傷，忙碌且踏實。返回宿舍的路上，兩人還刻意繞了一小段路來到洞爺湖神社，為接下來的行程祈福。

圖4　洞爺湖神社

第四章、七年如一

那些日子本以為一切終能順心如意，該忍的都忍了，忍不下的用酒也能吞進肚子裡。但實際或許什麼也沒得著，還患上一身子的病。可沒有人會可憐或同情，更多的時候他們會笑著說，你這沒用的傢伙。沒有工作、沒了妻子與孩子，只剩下一間破舊堆滿雜物的小房間能夠棲身。偶爾去路邊攤喝個兩杯，人生如此，不用在寒風中受凍，就該偷笑了。

本田與吉川

本田算是旅館裡的常客，他會住在最便宜，靠內側的201號房，每次來的時候都穿著西裝，帶著公事包像是出差辦公一樣。通常都是待上一天，偶爾也會有待上兩到三天的，不少人對他都有印象，他會主動打招呼，也會給不少小費。且本田本身很高大時常會不小心撞到旅館內的看板或門框，女侍們閒聊時都會提及他的事情。

吉川來到這裡三年，他很少清楚記過旅客們的樣子，更別說是出差或借宿的客人，他們通常都很匆忙、沒有什麼耐心。吉川也記得自己有過很長一段類似的生活，在那壓抑的工作生活中，沒有什麼事能夠思考的，不論表現再怎麼亮眼，也不過就是轉眼的瞬間。吉川知道本田並不是來出差的，但這也只是他的直覺，他一次也沒有去印證他的想法。吉川知道自己在過去那段日子裡，他會待在小酒館裡，有時候是破舊的旅館，生活越是困頓的時候，他便不想要太早回到家，這樣至少在妻子面前他是很努力的，儘管他拿到的薪水沒有漲，但他也不用去煩惱多餘的事情。

吉川吸了一口手邊的煙，他在房間的名單上畫上記號標記時間，一如往常地與建國分配著晚上鋪床的工作。通常這個時間裡他們都會待在員工休息室，不過這裡的空間並不大，擺滿許多工具與雜物，乍看還像是一個雜物間，若是女侍的休息室就不一樣，那裡不但空間很大，還有專門的化妝台與置物櫃。

今天建國與他提起台灣的天氣，現在是十二月，建國總說到一月會再比這邊冷一些，不過吉川並不相信，他覺得這只是他聽不懂建國所說的幾個單字或文法，但沒有地方能比北海道更冷。或許吉川是該考慮旅行的事情，去一次台灣，東京，或是其他地方，但每次吉川都只是想想，他不會真的行動。

吉川再次吸了一口煙，並將剩下的部分捻熄，他向建國說道：「我去櫃檯一下，沒事就先去吃飯吧。」吉川這麼說的時候，通常他是再去櫃檯確認一下客人的名單與入住時間，但有時候他也只是想要找一些事情來消磨時間。

本田與洞爺湖

本田坐在長椅上望向洞爺湖的風景，過去的他可不會這麼做，多數的時候他都會躲在客房裡，像是一個做錯事怕會被發現的孩子，或是刻意想要隱藏自己的行為。但現在的他總是會讓自己更早到旅館，趁著天還亮著的時候，坐在這裡望著湖畔與來往的人們，說不上什麼目的，或是想要見到什麼，但在這裡他總會覺得比待在那個房間裡要平靜許多。

有的時候他也想要帶玫美子來旅行，那不是說他們從婚後就沒有旅行過，而是他總會有一種不是為家庭與孩子那種義務或刻意的。就像是回到最初兩人相戀時，帶著一些幻想，沒有目的的旅行。不過要是這麼對玫美子說，她一定會嫌他的想法幼稚，還不如多努力賺一些錢，讓孩子過更好的生活。但對本田來說，雖然比起他的同事或朋友，他的職位是差了一點，但卻不會影響到生活，也不必要太刻意的去花時間應酬交際。

本田知道自己是一輩子都沒有辦法向玖美子坦白，他覺得這樣她就會有更好的離婚理由，或是教唆她的鄰居或親戚來對付他。他討厭這樣，也厭惡偽裝夫妻的生活，他總希望玖美子能理解他，但他也知道這一天永遠不會到來。

所以他只是假借出差的名義，偶爾就會到洞爺湖一趟，他也有去過其它的地方，但還是比較喜歡這這裡，那是一種莫名的情感，就彷彿這裡與他有著某種聯繫。若要他形容，恐怕也難以說出一個明確的比喻，就像看那些旅行介紹的節目一樣，風景再美也只是風景。而在這裡的每時每刻，小到一片落雪，或是旅人們之間的互動都能讓本田感到不同。

起初坐在湖畔旁的長椅時，本田並沒有觀察那些遊客，他怕會被別人誤會，他的多數都是集中在一個點上，可能是湖面，或是更遠處的山巒與天空。然後他會假裝不小心看到那些路過的人，有些是年輕的情侶，也有家庭，或是一個人的。他觀察他們之間的互動，遐想著自己與玖美子或孩子之間，會不會發生相同或類似的事情，有時候他也會想對方是否有相同的煩惱。還是一切都只是他想太多，他無法明確這點，也不知道答案。

有幾次他看到孩子跌倒，哭著跑去找母親，或是父母跑過來關心孩子。當中記得最深的是他看到一名孩子跌倒，他倒在地哭著，沒有任何一個父母跑來，一段時間後孩子爬起，又再次跑了起來。看向那孩子遠去的身影，本田一直沒有忘記那一幕。

日落，本田覺得有些涼意，他站起身活動著僵硬的身體，緩步朝旅館的方向走去。他想將自己泡在溫泉裡，這樣一來他就可以暫時不用去思考這些事情，待身體變得暖和起來，他會睡得很安穩。等到明天回去時他就可以跟玖美子提及某個同事去洞爺湖的趣聞，與一些不著邊際的事情，就如同往常一樣。

休息室雜談之二

電視新聞裡報導剛被逮捕的嫌犯，那是一起隨機刺傷人的案件，主嫌是一名失業的中年男子，主持人在新聞中訴說著事件的始末。吉川看著搖了搖頭，他覺得最近的社會越來越奇怪，總是會發生一些無法理解的事情。他轉身向建國問道：「台灣也有發生類似的事件嗎？」

建國點了點頭，回答道：「不是很常。」但他也不確定，畢竟建國沒什麼在關注新聞，裡面多半都是政治或車禍的新聞，如果有發生類似的案件，肯定會延燒的很快，很劇烈，然後又會突然在某個時間點後，不再被人們所討論。像是先前鄭的事件也鬧的很大，但建國還是不明白為什麼會有人這麼做。

「是嗎，看來哪裡都不安全，那還是待在這裡好多了。」吉川說道，然後他又轉過頭來對建國說，「不過不用擔心，在這裡也不是經常發生這種事情的。」

「那你覺得為什麼會發生這樣的事情呢。」

「說不定是沒酒喝了。」吉川開了一個玩笑。

「不可能吧。」

「那我就不知道，畢竟我也不是他，何況很多事情是不需要理由的。」吉川深吸一口手裡的煙，「如果你要是有什麼煩惱也可以跟我說。」

「我才沒什麼煩惱呢。」建國沒有說實話，畢竟他也不知道怎麼解釋，而且每次只要與人討論起這些事情，最後的方向往往都不是他想要的。

「沒什麼煩惱就好，我在你這個年紀可是有很多煩惱呢。」

「那你有找到處理的方法嗎？」

「我以為有，但實際上沒有，不過現實就是如此，你很難預料未來會發生什麼，只能盡力地去做。」

「那聽起來還真是無奈。」

「不過也不是所有人的人都會如此，打起精神來，你還年輕呢。」吉川拍了拍建國的背，他覺得不該把話題說得太沉重。

烤雞肉串

今晚氣溫突然驟降，冷得吉川直打哆嗦，沿著後方住宅街道來到一平居酒屋時，讓吉川內心有些後悔。因為平常他可能就在便利商店買些啤酒，在宿舍內喝完就睡了，但今天不知怎麼的內心總覺得不對勁，抽了幾支煙也沒揮去內心的不安。本想在外面走走，一晃眼，就穿著單薄的外套來到居酒屋的門口。這種出於內心的本能，就像把吉川拉回到年輕時買醉的日子，比起懷念更多的是一種無法言語抑鬱的惆悵。

走進一平居酒屋內，吉川就聞到木炭烤雞肉串的味道，這讓他肚子一下就餓了起

圖5　日式餐廳菜單

來。隨即他注意到吧台座位上的本田，兩人同時看向彼此，露出簡單地笑容與輕微的點頭，在簡短的肢體動作裡，就像是本田說了：「嘿，真巧，你也來這喝酒。」而吉川則笑著表示：「是啊，就跟你一樣。」這幾乎是在職場訓練出來的本能，既不破壞原有的氣氛，亦不失禮。

吉川坐下座位後，點了幾份的雞肉串，與一大杯的啤酒。一旁電視裡的節目正將稍早隨機殺人的事件，渲染成一則誇張的故事，來賓與主持人詼諧地嘲笑著，看得吉川內心很不是滋味。幾口啤酒下肚後，吉川望著一旁還在炭火上燒烤的烤雞肉串，吉川想起年幼時的自己。

儘管父親經常喝酒鬧事，母親也經常的躲回娘家，但在吉川的印象中，始終有著父母牽著他的小手，在老家附近的小攤販吃烤雞肉串的記憶，那時的美好就如同夢一般的不真實。慢慢地父親開始晚歸，母親找理由回到娘家，吉川的童年有很多時候都是一個人待在家中，偶爾父親會帶他去吃烤雞肉串，不過那也只是拿來當作藉口的幌子，父親的背影會被絢爛的霓虹燈與不認識的女子吸進黑暗的身深處，當早晨來臨時他的肉體會回來而靈魂卻還留在那兒。

即便之後搬到親戚家中居住，類似的場景還是不時的發生著。叔叔與阿姨幾乎不會爭執，但也很少說話，他們忙於彼此的工作與生活，就連他們的孩子也是。吉川經常覺得那是一個冰冷到呼吸會痛的家，儘管如此，那個家裡也有烤雞肉串，是阿姨做的醬油風味，每次都烤好很多放在冰箱裡，味道很鹹、雞肉又老又硬，家裡面也只有吉川會吃。

結婚後的吉川本以為自己有能力改變一切，他在工作上很努力，有空也學習做各種料理，但不論吉川做什麼，妻子仍然不滿意，抱怨越來越多。而外面的女人總是會對他笑，喝下去的酒能把痛苦帶走，很快的吉川就變成他不想成為父親的樣子。

吉川吃著剛烤好的雞肉串，有焦香、肥美的油脂、還有著淡淡的鹹味，儘管再普通不過，但這一切卻得來不易。比起往日的悲傷，吉川更氣憤電視節目裡那些人的笑聲。他們能懂什麼呢，他們什麼都不懂。吉川在心裡抱怨，因為他

手繪ii　背影2

知道，在過去的同事裡有自殺的、心理或身體上有疾病的，還有像他一樣逃避現實的，而成功的又有多少。想到這裡吉川與本田同時站起，帶著濃厚的酒意與憤怒朝著電視機大聲怒吼：「這些該死的笨蛋們！」

抱怨完了，兩人各自舉起酒杯，把啤酒猛然地喝下肚，哼起那首記憶裡的歌曲（老派男人－河島英五）：「每天喝下兩杯酒，也不在乎吃的是什麼菜。麥克風拿來勉強笑著，唱首招牌歌曲。不想讓妻子看見我的眼淚、不想對孩子發牢騷，男人在喝醉的時候才會獨自嘆氣，把它留在酒館一個角落。不需要太顯眼、或是過於吵鬧，不勉強自己去做不合理的事情，成為被時代遺忘的男人吧。」

第五章、人心雪影

內心揮之不去的陰影在黑夜中飄盪，透過內心空缺的洞發出陣陣哀歌。

吉川與怪談

吉川記得旅館裡有時候會發生客人弄丟物品，或是突然從外面跑進來想要找自己親人的事情。但那多半只是一時的，有時候他們並不是丟了什麼，可能物品就在他們的行李箱裡，可能親人就在某個紀念品商店中。他們多半都會很慌張，加上語言不通，有時候就算想要幫忙，也不知道從何下手，進而產生許多誤會。當然，如果旅館裡正好有可以溝通的人，像是建國或芳瑜那一切就會方便得多。

吉川認為這種事情是很少發生在日本客人上的，主要是這樣會容易給他人帶來麻煩與不便。自己的東西就該清點好，並放在自己該找的位置上，帶孩子出去的時候要待再孩子身邊，或是一個能夠方便集合的位置等。他認為這是應該要做到，分內的事情。所以就算是分配給建國的工作，他也會要求的很仔細，每一個環節都會示範教過很多次，確認建國有依照他的方式正確的做到為止。

但是有時候還是會發生一些意料之外的事情，吉川記得那是發生在去年，也是在十二月，某天半夜警察突然來到了宿舍，將他從睡夢裡叫醒。從他們口中得知，他們正在尋找一個名為響子的日本人。吉川只記得那可能是幾天前住在303號房的客人，從警察所說為數不多的內容裡，他猜想他們口中的響子就是她，但他沒有什麼特別的印象。

後來吉川從其它員工那裡得知，只要每過一段時間就會有單身的女子，入住這裡或附近的旅館，她們都有相同或類似的特徵，那多半是來尋死的人，所以警察通常會以響子的化名來稱呼。不過吉川覺得這樣的說法有些不切實際，他沒有特別記下這些特徵，有時候他甚至覺得，單身旅行的男性更加的危險，但這只是因為他自己有過尋死的念頭。儘管工作的時候會與客人見面，他多半也只是將注意力集中在工作，而非旅客的身上。

不過這天夜裡吉川做出一個自己都不敢相信的行為，他駕車跟著一名入住的旅客，不知道為什麼她讓他想起了名為響子的女性。但他卻又不可能沒事的告訴客人希望她珍惜生命，或是隨便跟警察說出他的想法，這也有可能會影響他的工作。

車子一路深入了山區，當晚飄著細雪，這讓吉川感到有些不安，他可不希望因為降雪使得自己也被困在這裡。他顯得有些猶豫，卻仍像前行駛，直到他停在了一個山區的小店旁。吉川已經不知道那名旅客所開車的方向，他下了車走入那間還亮著燈的商店。

「抱歉，現在沒有營業。」老闆是一個駝背的老先生，他說話帶有厚重的口音。

「前方通往哪裡呢？」吉川問道。

圖6　街景（霧）

「通往哪裡？這真是有意思的問題。」老先生怪笑著，「那麼你又要到哪裡去呢。」

「我在找一個人。」吉川不確定的說道。

「那麼你肯定是走錯路了，沿著你來時的路回去吧。」老先生向吉川提議，隨後他又向吉川揮了揮手，「走吧，已經打烊了。」

吉川沒辦法，他只好走回車上，他本來想要點一支菸來抽，卻發現菸盒裡的煙早已抽完。返回宿舍的路途裡，他覺得自己好像迷了路，等回到洞爺湖的時候已半夜。吉川隔天才跟夜班的村上確認，並沒有人入住303號房，當晚也沒有旅客乘車離開。吉川以為自己是喝醉了，但那幾天他都做著類似的夢。

響子的傳說

女侍們之間也有流傳類似的故事，她們認為響子是死在山裡的，所以靈魂會徘徊在她身前的地方，尋找與她相似的人。當有旅客詢問附近有哪裡可以去，她們都會建議在附近的湖畔，或是到紀念品店就好，若有旅客想要到附近的山上拍夜景，她們便會找方法讓旅客更改行程，尤其是在降雪的夜裡。

女侍幾乎都不怎麼喜歡響子，她們都覺得若客人弄丟什麼東西，或是打掃用具，休息室裡有東西遺失，都是響子造成的。她們有時候也會把響子戲稱為愛作怪的孩子，所以哪怕當天旅館再忙，女侍也會盡量合作早早離開旅館，深怕會遇到什麼不好的事情。

遊客多半對響子有著完全不同的說法，見過響子的遊客多半都會把她誤認為旅館裡的老闆娘，她對人很親切，人也長得很漂亮，能歌善舞。甚至有一段時間有一些客人是為了能見上她一面而來的，還有一些網路的傳聞與謠言。

不過建國倒是對響子的傳聞沒什麼興趣，反而是芳瑜在雜物間裡經常看到黑影，就一直以為是響子在作祟。這天建國晚上工作結束後，要離開旅館時，芳瑜從後面跟了上來，這幾天只要一有空她就會提起這件事情。

「我覺得妳要給自己適當的休息，妳把太多時間花在工作上才會這樣。」建國聳了聳肩，他覺得要是芳瑜不刻意累積休假，就不會遇到這種事情。

「不排假就沒有機會去其他地方旅行。」芳瑜反駁道。

「那也沒有必要連續工作兩個禮拜吧。」建國覺得這樣做一點都不值得，不過這可能只是他沒有像芳瑜一樣，有著明確的計畫。

「反正你也不懂，真是浪費時間。」芳瑜嘟著嘴生氣的表情，讓建國反而覺得有些好笑，他回答道：「不然妳去其他地方旅行時，順便去神社求一個平安護符如何？」

「這個建議是不錯，可是……」芳瑜猶豫的說道，「我還有好幾天才會放假。」

「那我還真的是沒招了。」建國聳了聳肩，「這樣吧，不然妳跟響子當好朋友，問題就好解決。」

「我為什麼要跟妖怪當朋友。」

「只要不要把她當成找妳麻煩的就好，至少小時候我怕鬼的時候，母親都是這麼告訴我的。」

「那不管用吧。」芳瑜翻了一個白眼，她覺得建國肯定在說謊。

「不試試看怎麼知道，說不定當妖怪也是滿寂寞的。」

「這樣說就太悲傷了，不要同情妖怪好嗎。」

「我反而覺得妳想得太複雜。」建國搖了搖頭，他沒有將想說的話說完，並不想深入去討論這件事情。

「我啊！」芳瑜還沒說完，整個人就向前滑行了一小段距離，摔倒在一旁的積雪上。建國第一時間沒有伸手去幫忙，反而是拿起了手機拍下幾張照片，然後才把她從雪裡拉起。

她拍了拍身上的雪，顯得有些委屈，建國看著也覺得有些難受，他說道：「下次去吃牛助吧，就是妳上次提到的那間燒肉店，我請客。」

「不用啦，讓你請客，我也滿不好意思的。」

「沒關係，反正妳不是還要存旅費，我平常也沒什麼花費。」

「這樣就讓你請一部分吧。」

「好啊，那就看哪天下午的空班的時候吧，這樣就不用特別等假日了。」建國提議道。建國開始逐漸明白自己對芳瑜有些錯誤的想法，或許是對以前女友的愧疚感，那是很多年前的事情，那時他們經常為了一些小事情吵架，建國又是一個比較理性的人，他總是很難理解對方的想法。儘管已經分手許多年，建國覺得自己還是沒有放下，現在他覺得要是自己能不計較那麼多就好。

「好，那就這樣說定了。不過，你剛才拍照了對吧，給我看看。」

「不要，妳一定會刪掉的。」建國邊說邊將手機藏到外套的口袋裡。

「拿來，你肯定拍得很醜。」

「又沒差，反正不會給別人看到。」

「不行。」

「就當作是請燒肉的費用吧。」

「這是兩件事情。」

「有什麼關係。好了，趕快回去吧，越來越冷了。」

「你別想轉移話題。」

「我才沒有呢。」

建國踩在人行道的薄雪上，他覺得自己好像越來越喜歡這裡，尤其是最近兩人往返宿舍的過程裡偶爾會走再一起，讓他確實覺得心裡踏實了不少，雖然路程可能不到數十分鐘，卻別具意涵。建國很想要珍藏這份記憶，在自己的心裡。望向飄著細雪的天空，建國想起中島美嘉的雪花，他輕輕的將腦中片段的旋律哼出來。「只要有你在，無論發生什麼，都會有可以克服的心情，我祈禱著這樣的日子一定會直到永遠。」

吉川除妖

聽到建國說溫泉旅館內有妖怪，吉川聳了聳肩，表示他自己並不相信妖怪的傳說，即便如此他還是可以秀一手，屬於吉川的除妖招式。

「嘿！哈！」吉川在休息室內邊模仿陰陽師的架式，一邊很認真的對建國表示，「放心吧，這裡才沒有甚麼鬼妖怪，只是旅館老舊了點。」為此他還拿出一個工具箱並自信地向建國提到，這就是他除妖的工具。建國對於眼前的錘子與釘子這些東西感到懷疑，如果是修理那當然沒問題，可是對付妖怪那就顯得誇張。

兩人首先前往的是位於地下的鍋爐室，這裡每天晚班前，吉川與建國都會在這裡清洗過濾器，不然客人用的溫泉水就會充滿雜質與混濁。通往鍋爐室有兩個出入口，一個在內從休息室旁的樓梯向下，一個在外位於員工出入口旁的樓梯。對外的那扇門經常卡住，或不時會發出嘎嘎聲，有時沒從內部鎖住，外面風雪大的時候就容易被吹開。

這裡經常被戲稱為地獄的入口，雖然對外的走道離客人進出的大門有段距離，但在晚上仍嚇到不少旅客，吉川自己也有說過，因對外樓梯幾乎沒有燈，偶爾還有喝醉酒走進這裡迷路的客人。

吉川重新將門加固，並換了門鎖、鉸鏈，經測試後已經比原先的好很多。但能做到的補強還是有限，在不能將門完全封死的情況下，還是會傳來咻咻的風聲。隨即吉川又帶著建國修補旅館內走道的天花板，長廊盡頭的窗簾固定，以及管線的檢查與漏水的檢修。這些都是經常被客人反應的問題，像是天花板會伸出黑色的手，窗簾後面有女鬼，半夜聽到流水與哭聲等。

「今天就先這樣吧，晚上還有其他工作呢。」吉川說完，便回到休息室抽著煙，「老舊的房子很少修理、保養，自然就會產生妖怪，只要維護的好就不會有這些問題了。」不過吉川也表示自己能做的有限，平時工作就夠忙了，很少時間能拿來做修補的事情，很多時候也就暫時放著。

「那如果不是存在於旅館內的妖怪呢？」

「嘿，那我就沒辦法了。我可不會修補人心，但妖怪基本都是趁著人脆弱的時候才會出現，只要保持自我，不要聽妖怪的讒言，就能避開危險。人所做的虧心事也會跟著自己一輩子，最終化為妖怪。」吉川吞吐煙圈，若有所思的說道，「雖然我只要有酒就夠了，哈哈！」

第六章、最後的旅行

再好的朋友也終將告別，沒有不會結束的旅程，一個結束與一個嶄新的開始。

休息室雜談之三

今天是平日的早上，沒有觀光客，入住的旅客也少，建國今天放假，吉川一個人窩在休息室邊抽著煙，邊看著電視裡播放的新聞，感覺像是少了什麼，卻又是再熟悉不過的日常。突然有人敲響休息室的門，吉川還想著是誰，原來是櫃檯的龜田。他的臉型消瘦，年約三十多歲，吉川與他的往來多數都是工作上的。

「原來是龜田，今天入住的客人不多吧。」

「別提了。」龜田搖了搖頭，從旁拿起一個坐墊，一坐下便抽起煙，「本以為那對客人會多住幾天的。」

「什麼客人？」

「唉，就是那對客人啊，她們長的可漂亮了，本來還想介紹她們附近的觀光，順便找點樂子。」龜田深吸了一口煙。

「喔，是在說這個啊。」吉川顯得不感興趣，其實龜田好女色，是旅館內都知道的事情，不過一直以來都沒出什麼事情，大家也就裝作不知道。

「別用那種眼神看我，我才沒有你想得那麼糟，只是男女之間有些關係，那是很自然的，你不也會去附近的小酒吧嗎。」龜田笑著說道。

「我只是去喝酒。」

「或許吧，每個人都會這麼說。」龜田深吸一口菸，「那你覺得小芳怎麼樣，雖然外型沒有那麼標緻，但我打賭她肯定還沒有經驗，且半年後就回到台灣，我還打算找個時間約她呢。其實我也認識過不少台灣人，相處起來比日本人自在多了。」

「你要怎麼做我可不管，但我知道有很多地方，人埋下去就再也找不到了。」

吉川沒有生氣，就像隨口提起。

「你真是無趣。」龜田捻熄手中的煙，自顧自地走了出去。

望向龜田的身影，吉川想要做些什麼，卻又不想躺這個渾水。或許龜田只是嘴上說說，但如果直接告訴小芳或是建國，恐怕也沒什麼用，反而還會被質疑。吉川將煙緩慢吐出，他雖然離了婚，但也有比小芳年紀還小的女兒，儘管如此，煩惱這些也沒什麼用。吉川又想喝酒了，酒癮讓他的手顫抖，還有龜田所說的話讓他感到煩悶。

閨蜜

「美咲，妳看這個吊飾是不是相當可愛。」智子從紀念品店拿起一個吊飾，美咲點了點頭，回答道：「嗯，是啊。」她回答得顯得有些猶豫，就像是在想什麼一樣，這讓智子有些不高興，不過她沒有立刻表現出來，而是故意地開著美咲的玩笑：「怎麼，不會在想男友的事情吧。」智子伸出手偷捏美咲的小腹，「果然跟我想的一樣，幸福的都有點發福了呢。」

「才不是妳想的那樣。」美咲搖了搖頭。

「騙，子。」智子刻意拉長了尾音，並向美咲做了鬼臉，「走吧，我們去吃買冰淇淋來吃，不過妳要請客。」

美咲覺得智子的行為讓她有些反感，她甚至懷疑為什麼要提議兩人來旅行，若只是告別在電話裡就可以說明，現在這麼做會有什麼意義呢？她不太明白自己的內心是怎麼想的。曾經美咲很羨慕智子，她很漂亮，不管是什麼髮型、衣服、裝扮，她就像是雜誌上的模特兒一樣。不光只是外表，還有人際、工作等，她的一切都讓美咲感到羨慕，所以從學生時代認識智子開始，她就一直想要維持兩人的關係，她認為這樣或許就能得到她想要的。

但最近幾年美咲覺得自己變得不再羨慕智子，她甚至覺得智子有一些不切實際，太過於夢幻與遙遠。尤其是在與谷川交往後，她越來越確信這點。可在美咲心裡卻又有一種背叛智子的想法，她其實很希望兩人的關係能一直持續下去。

「智子，我幫妳拍一張照片吧。」美咲提議道。

「在這裡？」

「是啊，我們可以先在街道上拍幾張照片，再去湖邊拍幾張。」美咲拿出手機，其實洞爺湖並不算對她們來說特別有紀念意義的地方，但過去不論是旅行，或是偶爾的見面，工作上或朋友之間的往來，她們都會經過或選擇這裡，久而久之這裡變成為她們最常來訪的一個地方。

「今天還是算了吧，妳不是有重要的事情跟我說嗎？」

「啊，是的。」美咲點了點頭，但她其實還沒想好要怎麼開口，冰淇淋順著她的指尖緩慢融化，她慌張的吃了一口，卻反而讓嘴邊沾了不少白色的冰淇淋。就在這時，智子順手拍了一張照片，說道：「真是精彩的一瞬間。」

「啊！」美咲慌張地想拿出手帕。

「沒必要這麼慌張吧。」智子從包包中拿出自己的手帕，幫美咲擦拭嘴角。

「謝謝。」美咲有些不好意思的說道。

「真是狡猾。」

「嗯？」美咲眨了眨眼，她不太理解智子想要表達什麼。

「美咲只要每次遇到困難，裝個可愛就可以帶過，我一直覺得這樣很狡猾。」

「可是我又不是故意的。」

「我知道啊，所以我才說狡猾，要是我像美咲一樣，說不定就會有點女人味，很多男人都吃這一套的。」智子嘆了一口氣，她一直都很努力，不論是得到別人的認同、工作、生活，她總是用盡全力的想要將一切都控制住，但不論她怎麼努力，始終都會差那麼一點。有時候她甚至會恨不得自己不要那麼努力，生活或許就能輕鬆一點，但那樣她肯定會失去她所擁有的。

「才沒有呢，智子才是，一直都是最漂亮，最優秀的那一個，就像星星一樣。」美咲說這句話的時候是真心的，她就像是想從心裡吶喊出來。

「哈哈，這樣說就太誇張了。」智子嘴上這麼說，心裡卻很開心，儘管是一句誇獎的話語，從美咲口中說出來就是不同，她知道她一直都是那麼的天真與單純，就像覆蓋在這街道上的白雪一樣，純白無瑕。智子知道，自己是永遠都無法成為像美咲一樣的人。

智子停頓了一會，才接著說道，「我猜妳是要說勇太的事情吧，我們已經分手，他不適合我。我知道自己已經三十二歲，應該要擔心什麼。可惜歲月不饒人，想想當初我們認識的時候還沒有滿十八歲呢。」智子突然有些想哭，但這還不至於到會讓她落淚的程度。

「啊，是，不……」美咲是有想提起勇太的事情，不，正確來說是因為美咲最近一年經常換對象，自從她與認識三年本來要訂婚的山崎分手後，她就處在一種接近瘋狂的狀態，甚至還會暴飲暴食，或有傳言她當面對她的上司與客戶咆哮，她不明白智子為什麼要這麼對自己。

「不用安慰我的，我都知道。」智子嘆了一口長氣，她明白的，當然，她都知道，而且她們之前還經常會在這件事情上爭吵，最近她甚至還失手朝美咲臉上扔東西。智子伸出手捏著美咲的臉頰，「別苦著臉啊，沒事的，很快都會好起來。倒是妳等一下就要去東京了對吧？」

事情。

「對。」美咲點了點頭，她本來想先開口的，沒想到還是被智子引導才說出來。

「因為新的工作？」智子猜想到，最近她們吵得兇，她都沒什麼在關心美咲的事情。

「不，其實是谷川。」

「妳說是那個看起來有點呆的傢伙嗎？」智子皺了皺眉，雖然美咲有說過他們正在交往，也有拿手機的像片給她看過，但她一點也沒想過兩個人會交往這麼久。

「是的，就是他。」美咲尷尬的笑了笑，「其實我們打算結婚了，這次其實就是為了這個去的。」

「啊，那真是恭喜妳，怎麼不早點告訴我。」智子有點驚訝，也同時有一些氣憤，她並不是氣美咲，而有更多的是氣自己。

「我也是想，不過我一直沒找到機會。」美咲搖了搖頭，她有些顫抖的說道，「不光只是這樣而已，我想我們短時間不會再見面。」

「不過就是東京，也沒很遠，有事情還是可以聯繫我。」智子覺得自己受到美咲的影響，她說話都跟著顫抖起來。她再看著美咲的同時，突然感覺這會是她們最後一次見面。這是她第一次覺得她失去的不光只是一個好友，而是比那更具有意義的，就像是靈魂一樣。她有些茫然地望著隨話語呼出的白煙，緩慢地消逝散開。

「不是東京，是紐西蘭，谷川他的家人主要都住在那裡。但可能也不會這麼快，如果時間許可的話……」美咲欲言又止，因為她知道這麼說也只是把話說的好聽而已，她明白自己很難在抽出更多時間的。

「真是狡猾。」智子再次說道，但這次她說的很輕，就像是想要表達她並不在意一樣，「明明就幸福的不得了，就乾脆點說出來。什麼東京、什麼紐西蘭、結婚的，妳真是壞心。」

「但……」美咲眨了眨眼，因為她知道要是把事實說出來，智子可能一點都不會羨慕，就像他覺得谷川很呆板，或是鄉下的生活並不適合她，她討厭跟不熟的人往來等等。

「好了都別解釋，我會送妳到機場，不，請一定要讓我送行，我非得要把你這個幸福到天邊的傢伙，給送到我看不見得地方為止。」智子有些好氣又有些無奈的說道。

「但是妳的車子該怎麼辦？」美咲與她是分別開車到這裡來的，其實她本來是想她們會在這裡告別。

「妳現在還有心情擔心別人啊，我會把車子留在這裡，在確認把妳送到我看不見得地方時，再回來這裡大吃一頓。」智子向前邁了一步，她轉身看向美咲，「走吧，妳不會希望錯過飛機的。」

芳瑜與建國之二

建國看向牛助燒肉內的環境，裡面顯得明亮與寬敞，客人坐滿店內的座位，菜單上也有滿多品項可以選，主要分為鍋類與燒烤，肉類的選擇也有提供和牛。負責整間店是一個服務相當好的老奶奶，或許是有相當多經驗的關係，幾乎不用說什麼，她就能明白意思。對建國來說，這附近確實有滿多不錯吃的店面，像上次去吃的戀亭拉麵，濃郁的湯頭與彈牙的麵條讓他難忘。

「妳從剛才就一直盯著手機看，在看什麼啊？」建國看著芳瑜，她顯得很專注在手機上。

「啊，是這個。」芳瑜將手機轉過來，好讓建國可以看到上面的照片，那是兩個看起來相當有魅力的女性，尤其是右邊的完全吸引著建國的目光，她剪了一頭俏麗的短髮，儘管穿著一般的便服，也讓她看起來就像是雜誌上的模特兒一樣。

「真是好看，是什麼明星嗎？」建國想起來，她們好像是旅館的旅客。

「哈哈，才不是明星，不過建國喜歡比自己年紀大的女生嗎？」芳瑜就像是抓到了建國的軟處，她賊賊的笑著。

「也不是，就是覺得她們特別好看而已。」

「嗯？是這樣嗎。」芳瑜又笑了，建國很少會看她笑成這樣，「她們讓我想起以前的一個朋友，如果我們沒有為一點小事鬧得不愉快，說不定到現在都還會是很好的朋友。我有一點羨慕她們，我本來不太相信會有長久的友情，就算是戀愛也是一樣。」

「那還真是可惜。」

「你呢，也有認識很久的朋友嗎？」

「我是有大學社團認識到現在的朋友，每年至少都還有固定的聚會與聯繫。」建國認真的想著，以前在社團裡認識的時候都滿好的，經常約出去玩，但現在都各自忙各自的，有的也變得不是那麼常出現。

「嘿，那麼女朋友呢。」芳瑜順勢的說道，反而讓建國有些嚇到。

「已經分很久了，現在是單身啦。」

「那你會到日本來是希望交一個櫻花妹嗎？」芳瑜愉快地笑著。

「才不是因為這個理由。」建國忍不住翻了個白眼。

「嗯，我想想，小梅不錯啊，雖然年紀有點差距，但我覺得她應該是滿不錯的對象。」

「不要隨便介紹對象給我。」建國無奈的嘆了一口氣，他不知道是芳瑜沒有發現，還是自己表現的沒有特別明顯，或缺少這方面的經驗，所以才會顯得這麼遲鈍。剛才送上來的韓式燒肉銅板像是小山將蔬菜、肉片堆疊的相當吸引人，在鐵板上的肉片已由紅轉深，滋滋作響，建國伸長了筷子，從芳瑜那夾了一塊肉。

「嘿！那是我的。」芳瑜有些不甘心的說道。

「現在是我的了。」

「你怎麼可以這樣。」

「誰叫妳要隨便開別人玩笑呢。」

「我才沒有。」

「放心好了，不用羨慕別人，妳也會有屬於妳自己非常好的戀情的。」他打從心底由衷的祝福著。

「真的嗎？」

「那當然。」建國毫不猶豫的回答道，要是世界上有這麼好的女孩，而有人不去珍惜為此付出一輩子，肯定會受到詛咒的，「快吃吧，肉都要老了。」

新的開始

在機場美咲準備要出海關，她與智子兩人相視很久，這是她們第一次有很多話想要說給對方，卻怎麼也沒辦法說出口。因為她們都明白，不論說了再多，彼此都還是要告別。十多年來的認識，彷彿就像是短暫的一瞬間，而這一瞬間卻又在此時變得有如無限地向外延伸。

「走吧，飛機要起飛了。」智子緩慢的說道。

「你覺得我們……」美咲顯得有些顫抖，她害怕的不是她與谷川的情感，只是如果要去紐西蘭生活，這可能在她的意料之外，她不難理解為什麼谷川遲遲都沒有說清，她認為要是在日本哪裡都還好，至少語言是相通的。但紐西蘭就完全是一個陌生的國家，她不確定自己是否能習慣那樣的生活，她本來有打算找智子討論，但沒想到說出來的時候已經要跟彼此告別。

智子搖了搖頭，輕輕將食指放在美咲的唇上，「肯定會幸福的，所以我不准妳隨便的放棄，不然我可不會原諒妳。」

美咲點了點頭，聽見智子這麼說後，她覺得自己輕鬆不少。她突然有一個念頭，她給智子一個擁抱，輕聲在她的耳邊說道：「謝謝妳，已經沒有關係了。所以智子妳這次也不用再勉強自己，重新來過吧，不用擔心會失去什麼，因為妳可是智子，所以一定能做到的。」美咲還沒說完，智子就在她的懷裡哭了

過去無數次美咲都曾在智子的懷裡哭過，但智子會哭，這還是第一次。她一直都很努力，表現的堅強。儘管她們認識已久，仍會有很多爭執，兩人也因此越來越少聯繫，只有少數的時候會來一趟旅行。美咲很高興這次有約智子出來，即便在這之後她們都將告別，但她深信下次再見面的時候，肯定會過著比現在還要好的生活。

第七章、聖誕節

原先不認識的兩人，在異地相遇熟識，給彼此往後的人生添上一份特別的禮物。

異地戀人

聖誕節在日本並不算特別的節日，不過為了應景，街道旁還是會點綴著七彩的燈飾，有些飯店也會在門口擺放聖誕樹，舉辦一些相關的活動來吸引客人。建國不知道是否受節慶的影響，這幾天客人也特別少，就連芳瑜也請了數天的假，特地去參加札幌的白色燈樹節。

晚上在幫客人鋪床時，建國遇到兩個特別的客人，他們在建國走進房間後，便一直盯著他看，兩人時不時的交頭接耳。

「不好意思，請問你是台灣人嗎？」先說話的是文彬，他理著平頭，戴著墨鏡，要是身材壯碩的很像電影裡的保鑣。

「是啊，我是。」建國點了點頭，期間他沒有停下手邊的工作。

「妳看，我就說他是台灣人吧。我是文彬，這是我的太太鶴實，她是在日本長大的台灣人。」文彬介紹起自己的妻子，她的長髮盤起，穿著和服，建國一瞬間還沒看出來。

「你好，我是鶴實，可以稱呼我為雅婷就好。我還只是他的未婚妻。」雅婷特別強調了這一點，就像是太太這個稱呼會讓她覺得有些老氣。

「又沒有差。」文彬笑著，「我們預計明年初會結婚，所以就想趁著這段時間先到處玩，多拍一點照片留念。」

「當然有差。」雅婷朝他的手臂捏了一下，「你為什麼會想要來日本工作呢？需要習慣很多規矩吧。」

「啊，是，這對我來說是很好的機會。」建國說道，但他其實沒有什麼詳細的計畫，他只是想要趁著當完兵，就直接到日本來工作，他覺得要視錯過這個機會，恐怕就很難再找到更好的時機。但他並不覺得自己有像芳瑜一樣，有著明確的目標與想法，甚至可以說到現在他都還是不安與迷惘的。

「是嗎？」雅婷眨了眨眼，她就像是在思考著什麼，隨後說道，「趁著這個機會去不同的地方逛逛吧，日本可是有很多好吃的美食喔。」

「好的，也祝兩人旅行順利。」

「機會難得，一起拍一張照片吧。」文彬提議道。

三個人合拍了一張照片，因為建國還有後續的工作要處理，就沒有繼續與他們聊下去。但要離開的時候，建國還是覺得在他心裡好像有一種微妙的違和感，就像是這兩個人只是在互相遷就彼此。建國並不明白自己為什麼會這麼想，他對兩人認識到相遇的過程感到好奇，猜想著是怎麼樣的緣分會讓他們認識，又進而發展到現在的關係。

吉川請客

「不要客氣，想吃什麼儘管點，我就先點啤酒了。」吉川對建國說道，隨即又向服務生要了兩杯啤酒。

這是位於溫泉街後的金城燒肉店，比起上次去的牛助，這裡就顯得近得多，主要是單點為主的日式燒烤。建國覺得吉川之所以會約他出來，主要並非為了歡迎他這個新人，而是想要有個喝酒的對向。建國之前在台灣飯店廚房工作時，只要一有機會師傅都會在下班的時候找人喝酒。建國有時候覺得自己很難明白，好像人只要過了某個年紀後就會變得越來越空虛，他們會喝下許多的酒，或唱歌或找一些樂子，當酒精使他們入夢，彷彿煩惱與苦悶都能被忘卻，假裝什麼也沒發生過。

「那我就點這些就好。」建國指著菜單上價位較低的肉類，意思性的點了幾道。

「就這麼幾個嗎？我推薦牛舌，非常好吃喔。」

「牛什麼？」建國第一次聽到這個日文，他愣了一下沒有想出來意思。

「牛舌。」吉川指著自己的舌頭說道，「不然就先點著，你吃吃看吧。」

「嗯。」建國點了點頭，他其實很少吃這種單點的日式燒肉，在台灣他最多也是去那種吃到飽的為主，所以看到菜單上的價格，那一盤看似不高，可是連續點好幾道也不便宜。

點的料理還沒來，服務生就已經先給他們兩人上了啤酒，見到盛裝在玻璃杯裡的啤酒，吉川眼睛就像是亮了起來般。他向建國高舉酒杯，高聲的說道：「來來，隨性就好。」吉川說完後便喝了一大口，露出一種幸福的表情。

在建國過去的印象中，吉川是一個頭髮有點少，身高很矮的中年大叔，雖然說不上討厭，但也沒有什麼太多的好感。主要是吉川在工作上對於很多事情都滿要求的，尤其是在很多細節的處理上，而建國本身並非一個很嚴謹的人，他很隨性，所以他經常會覺得自己與吉川相處不來。儘管他們有很多在休息室聊天的機會，也對彼此有了一定程度的了解與認識，但建國還是覺得他與吉川之間就只是工作上同事之間的關係，不會變成更好的朋友，或是有機會解開一些偏見。

「吉川很喜歡喝酒嗎？」建國問道。

「是啊，幾乎只要下班都會喝上一杯。」吉川愉快的笑著，彷彿只要跟酒有關的話題，都能引起他的興趣，「不過現在年紀不行了，就隔幾天喝一次。」吉川補充道，雖然這麼說，但有時候他也控制不住自己。

「肉來了，先吃吧。」建國提議到，他將肉片放上烤盤。

「沒關係，你先吃，我有這個就好。」吉川指了指他的啤酒，「如何，工作還習慣吧？」

「還可以，就是客人有些不好應付。」建國邊說，邊翻動烤盤上的肉片，它們滋滋作響，逐漸帶有木炭的香氣。

「啊，那是很正常的，不過客人也就是那麼一回事了，不用太在意。」

「還有我的日文還是很破。」

「這也沒辦法，才剛來不久，但至少現在好很多了。」吉川笑著，指了指前方圓形的肉片，「這就是牛舌，吃吃看，很好吃的喔。」

「是。」建國夾了一片牛舌，跟他想像中的有些不一樣，他突然覺得自己很像沒見過世面的孩子。不，或許某方面來說確實是如此沒錯。他大口地喝了一口啤酒，苦澀刺激著他的味蕾，冰涼的啤酒順著他的喉嚨一路向下延伸。建國其實不算一個很愛喝酒，也不是個特別能喝酒的人，比起喝的頭暈，他更多時候喜歡保持清醒。

「很好就是這樣。」吉川看起來相當滿意，隨著牛舌烤好，建國吃了一片，那個口感好到他難以想像，他忍不住說道：「真是好吃！」

「哈哈，我就說吧。」

「吉川平常放假會去哪裡嗎？」

「我？通常就待在宿舍，北海道我幾乎都玩遍了，不會特別想去哪裡。」吉川搖了搖頭，他並非不會想，只是覺得這麼作沒什麼意義，「若你想要去玩，函館、札幌、小樽這些地方觀光客都很愛去，不然就去稚內，北海道最北邊的地方，這個季節去說不定還有可能會看到熊。」吉川做了一個誇張的表情。

「熊？」

「是啊，雖然有些人認為熊可能會冬眠，不過北海道是個神奇的地方，有些地方的熊是不會冬眠的，站起來都有一個人那麼高大呢。」吉川認真的說道，就像他知道許多建國所不了解的故事。

隨後他們又聊了很多，那些並非什麼特別的話題，就如同他們經常在休息室裡會聊起的內容一樣。但透過這次的聚餐，他們也認識了不同的彼此。離開燒肉店的時候外面正下著大雪，建國覺得自己有些疲倦，他覺得自己喝得有點多，胃都開始有些隱隱作痛。

「你還好嗎？」吉川問道，他顯得還很有精神，就像是喝這點酒對他來說並不算什麼。

「嗯，嗯。」建國點了點頭，雖然他的酒量不是很好，但他還是比較能控制，讓自己不會喝的特別醉。

「那麼去再喝一杯如何？我可以介紹一間不錯的酒吧給你。」吉川笑著說道，彷彿只要有酒喝，喝得再多他都不會醉。

「還是下次吧，今天真的喝的有點多。」建國搖了搖頭，要是他在多攝取一點酒精，那麼他肯定連走回宿舍都沒辦法。

「哈哈，那就不勉強你了，你一個人可以走回去吧？」吉川再次向建國問道。

「嗯，沒有問題。」建國點了點頭，這個距離走回去最多十幾分鐘，他覺得自己還能撐到那裡。

「好，那就明天上班時再見，還有小心別滑倒了呢。」吉川說道，他向另外一個方向走去，邊哼著歌，像是心情很好一樣。

建國站在原地，他有些恍神，他茫然地看著降雪的天空，向前邁出幾步，還沒走到下一個街口他就顯得有些後悔。喝醉的程度比他想像的還要嚴重一些，建國知道如果酒意上來，他就會睡得很死，當然，他可不想要在這種天氣裡睡倒在路邊。他吃力地逼自己向前走著，覺得難受的時候就找了旁邊能坐地方，緩了緩再繼續前行。

建國走到覺得自己的意識彷彿與這個現實脫離，他體悟到一種前所未有的孤獨，那是與一個人時的感受不同，此時的更逼近死亡、恐懼、甚至絕望。當冰冷的雪降下，緩慢地奪去他的體溫，他開始懷疑自己為何身處在此，若是留在台灣，現在他肯定在溫暖的房間裡。建國想念那些熟悉的事物，像是他的朋友、喜歡去的餐廳，或是城市與往來的人們。

建國緩慢的吐出一口氣，看著它緩慢地化成白煙，緩慢地消逝。不知道為何此時他想起的不是芳瑜，而是他的父親，論年紀可能比吉川還要老一些，他很固執、死板，所以他們已經很久沒有好好聊過了，像剛才那樣吃個飯的機會也變得很少。建國覺得有一些罪惡感、悲傷以及很多難以形容的，他望著前方幾乎看不見光的街道，那就好像他的未來，充滿迷網與不安的。

建國每踏出一步，將街道上鬆軟的雪踏實，留下一層淺淺的足跡，一直到他抵達宿舍為止。這段路他彷彿走了很久，他將自己擠身在棉被裡，那一晚他睡得很沉，是他來到日本睡的最好的一次。

文彬與鶴實與洞爺湖

「鶴實，很好就是這個姿勢，要拍了喔。」文彬邊揮著手邊說道，他按下快門向鶴實跑去。兩人在晚餐後就來到洞爺湖旁散步，雖然是聖誕節前夕但遊客不多，兩人也拍了很多張照片。

望著湖面，鶴實覺得自己還是有著很多的不安，隨著結婚日子的接近，她的心裡有時候都會出現不同的疑問。所以她才向文彬提起這次的旅行，其實去哪裡都沒關係，她只是想要暫時不去思考結婚後的問題，還有許多。她想起剛才在旅館裡的

圖7　街景　雪

建國，她覺得他與文彬有些相似，就像他們剛認識的時候，文彬的雙眼裡也是充滿著不安與困惑，但這些日子儘管不如意，還是就這麼走過來了。

「我也幫你拍一張吧。」鶴實說道，她拿起相機，對文彬拍了幾張。在相機捕捉的影像裡，鶴實明白經過這麼多年，還是有些事物不會因此而改變。她對此露出淡淡的笑顏，然後抬起頭來向文彬說道，「看這裡。」她又拍了數張，對此感到相當滿意。

這天夜晚飄著細雪，昏黃的燈光照亮湖畔的路，鶴實與文彬兩人牽手而行，未來可能會搬到台灣居住，但不論是在何方，兩人也會一直走下去，直到永遠。

第八章、星海、冒險與說故事的人（上）

我是貓，伴隨著猶如魔法的咒語，變成巨大的貓，飛馳在廣闊的雪原上，越過高山與湖泊，成為日後他人口中的傳說。

故事的開端

薩德羅調整了飛船上的望遠鏡，他仔細的從中窺視著宇宙，想從中找到一個他能前往的星球。但宇宙裡的星球是如此的多，要如何從中做出選擇，他並不知道該怎麼做。他已經去過不少的星球，但這些別人口中認為特別，或是觀光導覽上一生一定要去的星球，那對他來說並不特別。

井上在電腦前快速地輸入幾個字，然後又在另一個分頁中輸入，一場尋找星球的冒險？愛恨糾葛？懸疑、科幻、奇幻……他打到一半停了下來，他的視線望向遠方的湖畔，有些事情使得他猶豫不覺，或是說外面的世界正在吸引著他，讓他想要離開這個房間，離開電腦前。

不過井上必須要完成眼前的這個作品，他正在想著一個科幻小說的情節，他做好了設定，明確故事的方向與架構，整體基本都沒什麼問題，但他還是遲遲沒有下筆。井上總覺得缺少什麼關鍵的東西，一個吸引人的情節，一個具有深度的內容，或是能讓讀者留下印象的橋段。

井上覺得每一個方法似乎都可行，但並不是增加就代表好，要是為了某個效果，而破壞本來的劇情，或是當中有一個環節，是他自己無法控制的，那麼這個故事必定會走向失敗。他必須要承擔著某種程度的風險，並尋找出對的方向，這有一些困難，所以這幾天他總是寫了又改，改了又寫，拿不定主意。

井上想得頭有些發疼，他覺得自己有些過度專注在一些可能沒那麼重要的問題上，就算不額外增加這些內容，做出調整，整個故事來說並沒有太大的問題，但他還是顯得很不滿意。就像是這個故事本身，還無法超越他的想像一樣。

井上拿出這幾天記錄用的筆記本，上面零散的記錄著許多片段，他習慣把他與別人接觸、說話的內容、他人的行為舉止，或自己所見所聞記錄下來。這樣一來只要寫作有需要時，他就不用花更多時間去想要怎麼寫，只要從中找到合適的內容再加以改編。

首先是負責幫忙鋪床的人員，他是一個矮小的中年男子，給人一種一板一眼的感覺。井上第一時間就想起那種傳統的日本人，還有他那個愛惡作劇的爺爺。井上詢問他對什麼感興趣呢？

「那還用說嗎，當然是酒。」吉川直接就回答道。這對井上來說幾乎沒什麼參考價值，包含他之後所談的內容也是，所以井上就在這段內容的旁邊打了一個大叉，他可不想要寫一個充滿酒的星球，或是設計一個愛喝酒的大叔，那光想就很讓人頭疼。

再來是那個帶著奇怪口音的台灣男子，他的個性讓井上想到他的一些朋友，不過以人物來說，並不算很特別，成長型的角色在現在的作品中，表現也沒有過去來的出色。不過台灣的一些話題很吸引他的注意，包含一些著名的景點、話題、人與人之間的相處等。井上的筆記本裡寫了很多內容，但每一個他都在後面標記了一個問號，這些東西看似很新奇，但不知道是否能引起讀者的共鳴，他可能會試著插入一個或數個片段，可絕對不會是主要的情節。

他也有向旅館的女侍們聊天，或觀察她們的工作，但老實說描寫女性，或透過女性的視角去呈現不同的世界觀，這算是井上的弱點。他總覺得自己不夠感性，也擔心描寫出來的女性角色，對於女性讀者來說不夠有魅力或產生反感。當然他也知道現在作品裡需要相當多的女角，但那些角色從某方面來說不夠全面，最多只是用來吸引男性觀眾，甚至刻意粉飾一些設定與內容不足的部分。

當然，除了旅館裡的人，他也有隨機的向外面的旅客或各式各樣的人詢問，或在遠處觀察他們的行為。雖然井上明白他自己不算特別能聊或外向的人，但只要是為了寫作需要，他都能透過這個動機，讓他去重新認識與接受這個世界。

井上重新思考著小說的架構，他覺得自己已經有明確的方向。不過這當中也有一些是特例的，它吸引井上的目光，那是一個與這個故事完全不同方向的劇情。是以孩子當作主角，闖蕩宇宙的大冒險。從井上在旅館裡巧遇那個孩子後，他與孩子講了一些科幻的故事，看著他瞪大著雙眼，專心聆聽的樣子，井上覺得恐怕一輩子都難以遇到類似的人。

因為他知道讀者從書裡想要看見的多半只是自己想要的內容，小說裡能呈現的只有他構思的極少部分而已，而那個孩子他就像是洞悉一切，在他的雙眼裡彷彿有著無限可能，屬於他的冒險，也彷彿在井上將故事轉述給他時就開始。是的，一個除了故事本身，還有著與他相同想法的孩子，儘管井上也清楚未來有一日這樣的故事可能不會在吸引他，他會喜歡上這個世界的其他事物，變得現實，甚至被社會價值拘束，被外在的壓迫而改變，但都無法消除他有過這麼一段奇遇。

井上露出微笑，他想那一定是一場精彩的宇宙大冒險，且只屬於那孩子，獨一無二的。井上的視線緩慢轉移到窗外，他恨不得現在就衝出去在雪地上奔跑跳躍，就像是個孩子一樣，但此時他必須加緊的完成手邊的稿件。

我是貓

自從上次聖誕節的聚餐後，建國便想要做一件特別的事情，他先是買了一本夏目漱石－我是貓，他趁著工作休息時與吉川提出他的想法。建國想讓吉川閱讀小說裡的文字，也順便教他日文。吉川當下就答應了，還說只要下班後的時間都方便。

雖然是想要借機會學日文，但其實建國只是想要有一些目地與方向，最近他一直再考慮要將本來半年的工作，提前一些時間，好讓他可以開始進行其它的計畫。嚴格來說他並非不喜歡這份工作，只是他覺得自己的個性與想法之間有很多地方需要改變與克服，那是他到日本來之後一直都沒有調適過來的。

建國敲響吉川宿舍的門，他從裡面邀請建國進去。房間內被臨時整理出一個可以給建國做的地方，其他空間則是堆滿了不少裝滿啤酒的袋子。在這裡丟垃圾與回收並沒有像台灣周一到周五都有，基本是每周固定幾天來收，回收類的則是數個禮拜一次，所以建國不難想像會有這些瓶罐，不過也可以看得出吉川的生活基本離不開酒。建國之前就有聽芳瑜說起，吉川其實與妻子離婚，但他並不知道詳細的情形，或許是因為如此，他才有著喝酒的習慣。

「請坐請坐，不好意思房間有些亂。」吉川說道，他自己是有些意外建國會來，或許是國家不同的關係，吉川有時候也會覺得建國比較直接，在表達方面也比較不會多作掩飾。這雖然讓他有些不習慣，但也沒有什麼不好的，「你今天是來找我喝酒的嗎？」

「不是啦，之前不是說要讀小說嗎？是為了這個而來的。」建國拿出那一本寫著吾輩是貓的日文書，日本的小說並不像台灣一樣都很大一本，每一冊都很小，書頁的質感與色澤也不太一樣。雖然建國自己也沒什麼看小說的習慣，但他還是覺得日本的書比較方便攜帶，重量上也不會因為長時間閱讀而顯得手痠。

「啊，你還真的買了一本，現在年輕人應該不會對這種書有興趣了吧？」吉川半瞇著眼睛看著那本小說，不知道為什麼有讓他很懷念的感覺。對建國來說雖然買其他的日文書也可以，但他覺得買經典書可能比較好理解，也比較容易閱讀一些。

「我想這個故事很不錯吧。」建國說道，他不太想被吉川認為他只是隨便選了一本書。

「嗯，那麼你希望我怎麼閱讀呢？」

「我希望能有詳細的解釋。」建國提出他的想法，若只是讓吉川順著字面上唸過，他也很難理解小說理的內容。

「好啊，那就從吾輩是貓的，吾輩兩個字開始說明吧。」吉川指著小說封面的文字說道，「吾輩簡單來說就是我，但這個稱呼很特別，一般來說都會用私這個字，而在日文中吾輩還有著我們，或同輩的意思，或是一種比較特別的個人稱謂，像日文的樸、俺等稱呼方式……」吉川邊說邊確認建國是否聽懂，過程中也穿插很多動作，讓這些都變得比較容易明白。

建國在吉川開始解釋篇小說時，他其實有很多時候都似懂非懂，但他同時也很敬佩吉川將這篇我是貓說得如此生動。在這個當下，彷彿吉川就不再只是一個喝著酒的中年男子，或是一個旅館工作的員工這麼簡單的角色。他彷彿成為一個演員，或是一個很厲害的演說家。如果他是個語文老師，或許建國就不會覺得文學、課本只是很生硬，令人覺得無趣的東西。

但建國也同時覺得很可惜，他總覺得如果有一個合適的舞台，吉川肯定能在上面發光發熱。但建國也很難斷定現在的生活並非吉川所想要的，說不定他不討厭現在的生活，也有可能他認為自己不需要在花時間努力。建國並不了解吉川，有著的只是非常普通的印象，既不知道他的經歷，為何身處在此。

這就像是在吉川眼中，建國很年輕，像他這樣的年輕人應該都會選擇在城市裡工作，更別說是越過一個國家來到這裡。建國同樣也無法得知，吉川是怎麼看待他的，但在這上面多做思考其實也沒有太多的意義，這個問題對建國來說還是太難了。

隨著故事的進行，亦或是就酒精的施展的魔法，這些煩惱與苦悶的事情逐漸抛於腦後。建國覺得他此時不是身處在老舊的宿舍，而是遼闊的雪地中。而吉川化生成一頭巨大的貓，建國騎乘在他的背上，在雪地上疾馳。

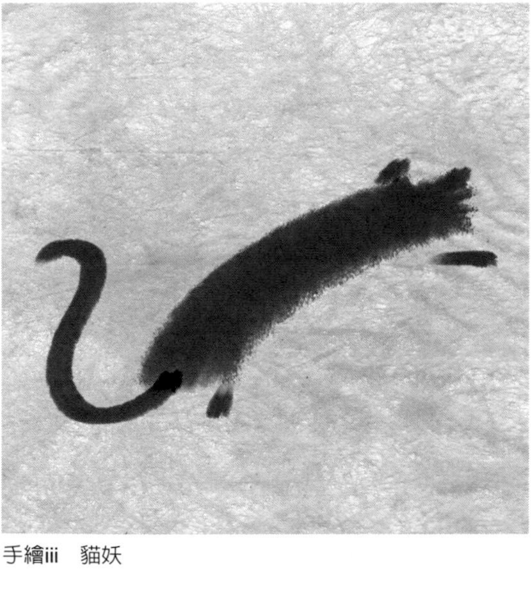
手繪iii　貓妖

孩子的大冒險

「愛子，妳睡了嗎？」修一輕喚醒他的妹妹，現在已經是半夜了，不過他還是很有精神，尤其是在聽了那個人說的故事後，他就經常會想到各種科幻小說理的情境。

「嗯……」愛子發出哼聲，她睡得很熟，尤其是出來玩的這幾天，她幾乎回到房間就睡了。但只要修一叫她，她還是會從睡夢中醒來。愛子半夢半醒的將一隻手伸進修一的棉被裡比了YA的手勢，她知道如果哥哥叫喚她，通常都是有趣的事情。

「妳想不想要聽有趣的故事啊？我今天想了一個超有意思的故事喔。」修一向愛子說道。

「那是什麼？」愛子從緩慢地鑽進修一的棉被裡，她半瞇著眼睛，還不清楚發生了什麼。修一把自己的手機當作手電筒，讓他在棉被裡的空間可以亮起來，好讓他們可以有一個說故事的空間。他輕咳幾聲，假裝彷彿有這麼一回事的說道：「在那個遙遠的星球上，有著很大很大的房子。」

「城堡？」

「對，城堡。有很多漂亮的裝飾、蛋糕與財寶。」

「愛子想住在裡面。」愛子眨了眨眼，她覺得自己還是有些想睡。

「當然可以。」修一知道愛子總是喜歡王子與公主的童話，但他自己想的並不是這樣的故事，他裝作沙啞地說道，「糟了，星球上多出許多的怪物，牠們占領了城堡。」

「我不喜歡那樣。」愛子搖了搖頭。

「不用擔心，城堡很快就恢復安全。」

「為什麼呢？」愛子邊說邊勉強地睜開一隻眼，她都快要分不清現在是醒著，還是在作夢。

「因為怪物們吃了很多很多蛋糕，心滿意足的回到了宇宙，成為了許多漂亮的星星。」

「愛子不想變成星星。」

「妳當然不會，因為妳又不是怪物。」

「太好了。」愛子說道，「不過愛子想要當公主，穿著很漂亮的連身裙。」

「先別急，還有很多東西還沒開始呢。」

故事就在修一與愛子兩人你一言我一語下逐漸構成，他們不記得自己說了多久，在半夢半醒間，彷彿也有另一個全然不同的故事在夢裡上演。那一場神奇的旅行，修一見到給他說故事的那個人變成一個帥氣的列車長，他駕駛著能航向星海的列車，帶著他們到訪不同的星球。

第九章、星海、冒險與說故事的人（下）

穿過星海直達宇宙的盡頭，我的靈魂在那裡，我的心也是。

夢中的宇宙

井上做了一個很特別的夢，他夢見自己乘著飛船來到宇宙的一個星系裡，附近的虛擬星球都空無一人，這個星系彷彿已被人遺忘許久，只剩下空蕩的房子及老舊的家具，或星球及房屋外厚厚的星塵。井上在這些星球間緩慢的穿梭，有時他也會站在這些星球上，凝視著被人所遺留的物品。

在近距離的觀察中，這些物品透著與原本不同的色彩，因為長期吸附不同能量的原故，使得物體表面起了些變化。對井上來說，他很少有機會能看到相似的東西，能在這麼近的距離下看見，也讓他產生些好奇。有的時候他甚至會忍不住地拿起，一些散落在星球上小的配件、玩具、或是書籍，看著它們色彩的轉變，以及傳達到大腦程式中不同的感受。那是既清晰與鮮明的，彷彿每一個物品都有著生命，像是一個獨立的星球，或是宇宙。當他將注意力放在這些事物上時，他甚至不在思考許多事情，他就像是在自己的家中，平靜與自然。

「很有意思對吧？」說話的人站在井上的前方，他甚至都沒有注意到他的到來。「喔，不要太緊張，我是薩德羅，是曾經居住在這附近的居民。如果你是來這裡找人的，他們早已經搬到別的地方，詳細我也不清楚是哪裡。若你是對手中的東西感興趣，我倒是可以分享一些我所知道的。」薩德羅有些吃力的說道，他像是已經很久沒有與人對話，系統都無法準確地將每個文字準確的組成的機械人。在他穿著外的四肢與臉部，也有著一些疤痕。這使井上想起自己寫過的作品中，那些採集隕石與深入原始星球工作的人，在他們金屬的皮膚上，都有著長期被不同能量照射後的疤。

「我只是剛好經過這裡。」井上回答道，他很難說出自己來的目的，也不知道該怎麼解釋會比較恰當。

「喔，是嗎？我應該沒有打擾你吧。」薩德羅顯得有些緊張，他想釋出自己的善意，但也沒辦法表現的很好。試著從系統裡尋找一些已經遺忘許久的情感，反而讓他像是一個系統異常的機械般，讓井上忍不住笑了出來。

「當然沒有，我只是在想一些事情。你說自己已經沒有居住在這裡，那是有發生些什麼嗎？」井上問道。

「不，也不是因為環境的影響，只是你知道的，時間長了本來有些存在的事物就會消逝。而居住在這裡的人，或其他星系的人，也會因為各種原因離開自己的星系到其他星系居住。」薩德羅解釋道，這使井上想起一些自己已經很久沒有聯繫的鄰居。

「那你還住在這附近嗎？」井上說道。

「對，就在離這裡不遠，那裡附近有不少小行星群，我非常喜歡那個地方。」薩德羅提到這件事情時顯得相當自然，絲毫不顯得猶豫。

「那麼你願意帶我參觀那個地方嗎？」井上問道，井上想起在現實中也有與薩德羅很相似的朋友，他們雖然不善於表達，但總會熱愛分享自己的喜好。另一方面井上也想知道這個夢將會帶他去哪裡，薩德羅會帶領他遇見什麼。

「沒問題，我保證你也會喜歡上那個地方，而且也不需要花太多時間。不過你必須搭乘我的飛船，它會有點擁擠，可能還會有些搖晃，希望你不會太在意。」薩德羅說道後來顯得有些後悔，他就像是害怕井上會拒絕。

「喔，我想應該不會糟到哪去。」

「那真是太好了，我們可以馬上就出發。」薩德羅差點沒興奮的跳起，他難以掩飾自己的激動。

穿越星海

「快看，左邊就是我剛才說的小行星群，看起來是不是很像不同顏色，沾滿鮮奶油的蛋糕呢。順著往前方看去，則是可以看到蹦蹦跳跳行星群，由於他們會散發出細長的能量，卻又相互排斥或吸引，看起來就像是在跳躍一樣。」薩德羅依序地介紹道，他對這裡相當熟悉，彷彿連每一個星塵都有名字與故事。也幸好他不停的轉移井上的注意，才讓他不會覺得飛船太過擁擠與搖晃。真正的問題或許是因為飛船過於老舊，又為了便於穿梭在行星群中，使得嬌小的船身變得更加不穩。

「這裡的行星群已經有數百萬年的歷史嗎？」井上一邊看著鄰近的行星群，一邊向薩德羅問道。

「是的，不過對於它們來說還算很年輕，要是我們，肯定都超過半百歲了。通常這樣的行星群才剛經過不到數個星系，能量也保持活躍，距離變得安定與內斂還要很長的時間。不過你知道嗎，行星群的壽命有得甚至超過一個星球或是一個星系，在他們漫長的旅途結束，消磨成細小的星塵粒子前，可是會經歷過一段非常漫長的旅途。」薩德羅隨後又向井上介紹起，關於行星群的各種知識，有很多都是井上第一次才知道，原來行星群也是有非常多種類與樣貌。

這些趨於生活與宇宙結合的各種事情，是很難從光憑想像或書裡去延伸出來。井上也已經寫過不少科幻小說，但薩德羅所存在的星系與生活，是他所沒有想過的。如果沒有像是薩德羅這種投入時間觀察與紀錄，是很難注意到這麼多細節。

當飛船再往前行駛，周圍的行星群也開始產生些變化，原本會釋放各種能量的光如今變得柔和，不在那麼的耀眼，這讓井上忍不住地說道：「好像安靜下來了。」

「喔，是的，畢竟在這裡的行星群已經沒有那麼年輕，不過有意思的地方才正要開始。」薩德羅說道，他讓飛船靠近一旁的行星群，並將手放在一塊行星的表面，「來試試看。」

「像這樣嗎？」井上半信半疑地將手放在行星上，然後他像是被嚇到跳了起來，「哇，這是什麼。」從行星內的能量衝擊到全身，讓他有些暈眩。

「裡面還是有著很多能量的對吧，只是從外部已經看不太出來，這大概比較像是我這個年紀了。」薩德羅滿足地露出微笑，「那再讓我們尋找看看有沒有跟你很相似的行星。」

這次他們不再沿著行星群外圍而行，有時飛船繞進行星群中，有時他們在幽暗的宇宙中緩慢前行，最終他們在分散的兩三塊行星後發現目標，此時這塊行星已經不再顯得巨大，而就像飛船一樣的大小，色彩也由複雜沒有規律的，變成數種且平穩的。

「再來試看看，別擔心。」薩德羅再次將手放在行星上。

有了之前的經驗，這樣的行為讓井上有些猶豫，在他緩慢地將手放在行星上時，他有些不明白的觸摸著行星不同的地方，「什麼都沒有。」他說，但這並非行星內部並沒有能量，只是顯得緩慢，相較與之前的就偏弱許多。

「你在靠近一點，是不是有聽見什麼？」

「好像有，但這怎麼可能。」井上感到驚訝，當他大腦就像是接收了行星的能量，進而轉化成了語言或是音符，「它就像是在哼唱著一樣。」

「很特別對吧，到了這個階段能量的波長會改變，很容易造成一種特殊的共感，因而產生像是唱歌、說話、甚至是能見的影像。」

「我一直都以為這只是單純的星球，並沒有什麼特別的。」

「就算是虛擬的星球、食物、器具等，這些常見的金屬上，也都還留有不少能量，只是我們平常很難感受的到。」薩德羅說道，這也讓井上思考著，在自己常接觸的東西中，是否有類似的感受。

「那麼在這之後呢？」井上顯得相當好奇，他難以想像行星還會產生什麼樣的變化。

「直到化為星塵。」薩德羅緩慢地說道，卻又像是藏了什麼最關鍵的事情沒有提起，「讓我們再往前些，我們就快要抵達我的住處。」

當飛船駛離，井上回頭望著那一個已被遮擋的小行星，他覺得有什麼被留下來，彷彿自己會以另一種身分，存在於這個宇宙之中。

星與心

乍看之下，這裡只是一片遼闊空無一物的宇宙，但薩德羅行駛飛船卻比剛才還要緩慢與謹慎，彷彿他會驚動到什麼，讓井上緊盯著飛船外。逐漸地井上覺得自己好像來到宇宙的另一個空間，向外看到最遠的距離，不是遠方的星辰或是巨大的星球，只是一種無盡向外延伸的黑，這裡彷彿沒有任何能量存在，少了能量也就沒有任何的光與色彩，取而代之的是一種寂靜與虛無。

或許我已經死了，而這就是一種死亡的過程，井上的大腦浮現出這樣的想法，那是他從未思考過的。

「我們到了。」薩德羅仍輕鬆地說道，就像他已經來過這裡無數次，是一個只有他才知道的祕密場所。

「這裡是？」井上輕聲的說道，他就像薩德羅在說話時一樣，刻意地將釋放出來的能量與波長變得非常微弱。

「我想應該是星球沉眠之地。」薩德羅說道，「這裡遠離大多數的星球，所以很多星塵會在這裡緩慢的沉積，要是有一點點能量或引力的介入，就會產生巨大的變化。你知道幽藍之漩吧，那是當快速移動的物體，穿越一片星塵時，引起的一種現象。」

「那我們在這裡豈不是相當危險？」井上說道，雖然就連他自己也無法想像，這究竟會發生什麼。

「有時候我們都得要冒點風險不是嗎？而你也想知道，關於那些小行星最終去了哪裡吧？這便是其中一個答案。」薩德羅就像看穿井上的想法，他讓飛船拋出一個微小的光球，井上看著那閃爍不定的光，彷彿就快被黑暗所吞噬，卻又在下一秒出現他難以想像的畫面。

受到光球能量的影響，從中心點開始向外擴散，宇宙彷彿變成絢爛的煙火。井上被眼前的景象所震撼，他不敢相信這些都是由細小的星塵所產生。當光球漸暗，井上眼前的景象緩慢消逝，時而重疊、時而交錯，瞬息萬變。

當四周再次變得寂靜，井上許久才回過神來，他彷彿自己感受到某種超越程式、思考或是自身的某種感受。讓他感覺十分的平靜，就像是與宇宙與他融為一體，這也讓他想起曾經有人這麼說過：「在扮演其他的角色時，我能成為自身以外的另一個存在，那不光只是侷限於劇本之中，而是能感受到另一個全然不同的生活、情感與想法。」

我與另一個我

「歡迎來到寒舍。」薩德羅向井上示意，他就像是已經期待這一刻很久，在這麼多年來都難以找到一個，可以分享自己興趣的朋友。

這裡是由一塊受到撞擊，只剩下一半大的小行星所改建而成，與一般虛擬星球有著很大的不同。在小行星的中央擺放著桌椅，一旁有著一台老舊的音響，以及零散在周邊薩德羅的各種收藏。井上卻不覺得擁擠，反能更加明白，為什麼薩德羅會想要在這裡一個人居住。

在開始寫作的時候，井上也會希望在這樣的環境下創作，不會被任何事物打擾，只屬於他與作品本身。自己想要的生活，或是自己的棲身之所，很多時候都只是井上腦中模糊的想像。就算是認識現在的妻子後，從他人眼中看起來平淡而幸福的生活，井上也不覺得這能代表什麼。比起情感，有更多的可能只是盡責，他很少會去思考自己的事情，亦不覺得這樣有什麼不好。

薩德羅從一旁的放出少年銀河，唱歌者是鏡音リン・レン，曲目是由トラボルタ所寫，歌詞主要是講到年輕人對於宇宙的夢想與憧憬。

「少年述說著夢，想靠火箭前往宇宙，大家都把他，當笨蛋嘲笑。啊啊，少年越過星辰在銀河盡頭，做著追尋未知事物的夢，無限的宇宙對他來說是，憧憬與希望……」

「沒想到你會有這首歌。」井上說道，這首歌讓他想到寫作的初心，他也從薩德羅身上看見自己的影子。

「我很喜歡這首歌，總能會讓我試著去注意這個宇宙，那些看似常見，卻又有許多未被注意到的地方。」薩德羅試著向井上解釋，這也讓他想起一些喜歡科幻與創作的人。他們認為宇宙裡有著無限的可能，要經常擺脫慣性思維，才能夠融合不同人的看法與見解，進而更加了解這個未知的宇宙。

「可是這樣的生活並不容易吧？」井上說道，像是會受到輻射的侵蝕與灼燒，或是長時間之後產生系統上的異變，這些在薩德羅身上與說話方式都能看得出他已經受到影響。

「我不是特別在乎這些。」薩德羅輕鬆的說道，「只是這樣的生活久了之後，也會想要嘗試些不同的生活，大腦的程式總會驅使著我離開這裡。你知道嗎，我曾見過上萬多個星球，它們雖然從遠處看起來都很相似，卻各有不同，而我到現在仍然著迷其中。」

「我想我能明白。」井上說道，要是在早許多年，可能是在他煩惱怎樣編寫出更好的作品時，他也能見到今天薩德羅帶他所見的景色，或許會有更多的感觸。

「很高興能聽見你這麼說。」薩德羅露出微笑，「如果你結束自己的旅行，隨時歡迎你回到這裡。」

「我會的。」井上說道，雖然下次在見面的時候很可能就是在他的作品裡，「你相信星球與人之間的聯繫嗎？」

薩德羅思考了片刻，他說道：「我想很多時候都只是我們希望尋找到，一個符合我們內心所期待的星球，但對於整個宇宙或星球來說，我們都只是短暫的過客。」

井上從夢中醒來，他急忙紀錄下這段經歷，儘管這會刪改掉許多他已經完成的內容，但他確定這樣做是值得的。

第十章、秘密之間

每個人心裡都有一個秘密，不能被人發現，亦要躲避世界的目光。

消失的房間

這間溫泉旅館是建在斜坡上，樓層與旅客想的有些不同，旅客停車進門的大廳其實是溫泉旅館的二樓，而泡湯的位置在一樓，吃飯的外部用餐區則在三樓。這要從洞爺湖畔的位置看過來才會比較明顯，不然就是要注意走廊上或電梯裡的地圖與告示。這通常使得大部分的旅客搞錯樓層，彷彿自己在一座巨大的迷宮裡。

通常一樓的房間由於視野較差，加上前面也有種植一些植物遮擋，不會優先讓客人住在這裡，而是提供給觀光客、專門來泡溫泉或單純只是過夜的客人。而位於走廊盡頭的112號房，算是整間旅館比較特別的房間，它幾乎一直都有人入住，但都少有任何用餐或鋪床的服務，客人同常都來得晚或來得早，行蹤就像鬼魅一樣。由於客人不會與旅館的員工接觸，女侍們便也不太會主動提起關於那個房間的事情，她們彷彿都很有默契地達成某種共識，這也使得112號房就像是消失於這間旅館一樣。

吉川也很少處理112號房，如果有鋪床的需要，也都是在客人來前，與客人走之後。這間多半由龜田負責，他熟知各種門路與相關的風險，還有出狀況時該怎麼處理。

佐藤的自白

佐藤坐在房間的軟墊上，從進入房間後除了偶爾的點菸，他幾乎沒有什麼大的動作，就像是一座冰冷的雕像，思考將他抽離這間房間。若是以往來到這裡時他身邊總會有名女子的陪伴，佐藤通常不認識對方，也無需認識，只要對方能為他脫去衣服，配合他想要的動作便可。但今天佐藤並沒有帶女伴進入這間房間，不光只是這一次，還有前幾次也是一樣，他只是沒有改變這個習慣，尤其是周六的晚上，他一定會來到這裡。

佐藤不知道自己為什麼對這些事情不感興趣，他開始覺得這樣有些枯燥，他不知道從中可以得到些什麼，除了片刻的刺激外，還有什麼呢？他深吸一口菸，皺了皺眉，或許思考這件事情本身就是沒有意義的，就算想要賦予它一個合理的動機、具體的目的，本身就是荒謬的。

那麼是從什麼時候開始的呢？是換了工作的那一日，還是發現妻子會偷偷檢查他隨身日用品時，或是孩子們長大離開家之後。佐藤凝視著房間的擺設，他想不出一個具體，又可以代表的事件。亦有可能這些都有著關連，它們彼此影響，才導致現在的結果。那一個佐藤忘卻很久的妻子，彷彿再一次進入他的生活。佐藤很難形容這句話所代表的內容，因為過去數十年來除了生活忙碌些，專注在不同的事情上以外，並沒有太大的不同。佐藤覺得自己只有在這件事情上虧欠妻子，他也沒有認為這件事情對過，但他一直改不過來這個習慣。

當兩人相處的時間增加，佐藤覺得那就像是回到兩人最初認識的時候，卻又不是那麼瘋狂，不顧一切的情感。那是富含韻味的，一種經過相當長時間發酵、沉澱、再甦醒過來，所以才會有這麼難以形容的感受。

佐藤點著的菸露出長長一節菸灰，終於還是斷了，落在玻璃製的菸灰缸裡。他起身披上厚重的大衣，收拾他為數不多的物品。是該回去了，沒有繼續待在這裡的理由，他心想。退房的時候櫃台的人員還跟他再三確認，才讓他離開，他沒有拿回自己的住宿費，這裡沒有什麼讓他不滿意的，他也知道自己還有機會回到這裡，只是那時候就不會在住那間房間。他驅車駛向飄著大雪的深夜，回到那熟悉又陌生的家。

綾子與拉麵

綾子離開那間旅館，今天她賺得不多，但也不至於到不夠用的程度。她偶爾會靠這份工作賺一些錢，讓她可以安排一些不同計劃，但現在她幾乎都沒有什麼動過這些錢，大部分都存在銀行的帳戶裡，看著那些數字的增加，她內心沒有太大的感觸。若是在幾年前，她可能會想要花在旅行上，去學習一些她不會的東西，例如攝影、電腦軟體或是其它，也有可能去一些美食餐廳用餐，看一場電影。

不過如今這些事情不再那麼的吸引她，她身邊的朋友開始忙於自己的生活與家庭，俱樂部她所認識的小姐也幾乎再討論著類似的事情。綾子覺得自己好像錯過什麼，但認真要說也不是真的錯過什麼。因為在她的朋友裡也是有離婚的，或仍然單身的，可能只是她不夠清楚自己要的是什麼。

綾子緩步走在雪剛下過的街道，路上行人不多，她步行數條街，走進一間拉麵店裡。她沒有太注意店的名稱，裡面坐著一些客人，多數是旅客，她聽不懂他們再討論什麼。她朝角落的位子坐下，向老闆點了一碗拉麵，期間裡她看著電視裡新聞轉播的內容，那些彷彿離她很近，卻又不太有關連的事件。

待拉麵盛上來時，綾子盯著那晚冒著熱氣的拉麵許久，她並非好奇這碗拉麵上的配料，或拉麵本身會有什麼太大的不同。這只是一碗再普通不過的拉麵，用料很普通、燒肉很普通、配菜很普通，甚至湯喝的味道、麵的口感，這些都再常見不過。但綾子在吃下這碗麵的同時，她忍不住的流下眼淚。

或許該結束了，綾子心想。她吃完那碗拉麵，對老闆說道：「多謝招待。」

告別過去

「我們就到這裡吧。」伊織從手機裡傳出訊息，今天她沒有向矢野赴約，她受夠這樣的生活。但數分鐘後，矢野只回覆一張貼圖，什麼也沒有表示，伊織並不為此感到意外，可她還是覺得糟糕透了。

她與矢野在半年前認識，剛開始的時候她還以為矢野是相當不錯的對向，但這只是她對於這個世界了解的還不夠深，才會輕易的上他的當。交往一個月後，伊織便發現他沒有表面看起來的那麼好，矢野有著暴力與精神異常的傾向，他不但會對她動手，有時還會利用精神異常這點，來掩飾他的所作所為，好讓他對伊織所做的看上去都像是不得以。

讓伊織更生氣的是她還發現事情並不像她想像的單純，在矢野身邊也有不少跟她一樣的被害人，矢野很擅長控制他人，他都握有她們不少的弱點，就算她們想要脫身也不容易。另外讓這些人更恐懼的，是矢野很容易失控，當他控制不住自己時，除了會攻擊身邊的人外，還有可能連同攻擊她們認識的人。

伊織這次會想與矢野結束這段關係，不光只是矢野的暴力相向，以及用伊織家人的照片威脅。這讓伊織意識到這是不會結束的，如果她自己不站出來，那麼這樣的狀況只會更糟，矢野並不會有停手的一天。所以她收集不少的證據，也從一些被害人那邊找到更有利的證詞。

伊織走進警察局內，她有些顫抖地向值班的警察說道：「不好意思，我要報案。」她不在乎這之後身邊人會怎麼看待她，但她不想要再出現跟她一樣的被害者。

芳瑜的心事

建國覺得今天芳瑜的工作不在狀況裡，就像是有什麼使她分心。就連吉川也有在休息室裡提起，他覺得芳瑜沒有專心工作，才會不小心打翻餐具，在幫客人服務時態度也欠佳。

建國隱約覺得好像從聖誕節後，芳瑜放完假回來，她的行為就不太正常，平常找她說話她也顯得愛理不理的。今天除了表現不好外，還提早下班休息。從小梅那裡打聽到的是芳瑜讓料理長有些氣憤，覺得她不夠尊重工作，希望她好好反省，再來看要怎麼處理她所犯下的錯。

「嘿，芳瑜的事情就交給你處理了。」吉川在建國下班時說道。

「嗯。」建國點了點頭，他其實也不是很有把握，若是芳瑜不肯說，他也無法強迫她講出來。但他知道如果芳瑜在工作上還是無法進入狀態，那麼最糟的情況是她可能會失去這份工作，建國可不希望事情最後變成這樣。

返回宿舍的時候建國腦海中浮現各種想法，但每一個都充滿了不確定性，這些想法只是讓他變得更加的不安，他試著讓自己冷靜下來，好讓他只專注於眼前。他敲響芳瑜的宿舍門，並向她表明自己的來意。

過了一段時間後芳瑜才從門後走出，她穿著輕便的衣服，如往常批著一件大衣。她指著前方說道：「這裡不好說，你可以陪我走走嗎？」

「嗯。」建國點了點頭，他不知道為何還比芳瑜要緊張得多。

兩人順著住宅區街道緩步慢行，沒有要去哪裡，只是漫無目的的前進，時而走在街燈下，時而消失在黑暗中。沉默持續著很長一段時間，彷彿連落下來的雪都有聲響。

「這次去札幌應該拍了不少照片吧？」建國想了一個能打破現況的話題。

「嗯，是啊，拍了不少照片，有機會再給你看。」芳瑜點了點頭，建國突然覺得芳瑜好像變得很嬌小，就像是會融化的雪一樣，隨時都會逐漸化成水、變得透明，然後消逝。

「那關於最近是不是發生了什麼。」建國說的很輕，聲音小到連他自己都快要聽不見了。

「沒什麼。再等幾天吧，我會告訴你的。」芳瑜眨了眨眼，停頓一下後才接著說道，「女侍那邊我會處理好的，我之前也有跟你說過，在你來之前我就已經在這裡工作，我想我能處理好的。」芳瑜的話語中充滿不安，少了那種直爽的說話方式後，芳瑜也不過就是相當普通的女性，柔軟而脆弱。建國在想或許是她一直以來都讓自己表現得很堅強的緣故，才在無形中忽略了這點。

「那就這樣吧。」建國說道，他並不想勉強芳瑜說出來，他覺得這麼做可能會有反效果。

兩人在街道上走了很長一段時間，從一端走到盡頭，又繞回另一個街道。建國不知道走了多久，來到這裡後，或許是下雪天氣又冷的緣故，使得時間好像都會變得特別的慢。一直這樣下去或許也不是辦法，建國拍了拍芳瑜的背，她抬起頭來看著他，有些生氣又有些委屈。

「我們來比賽誰可以最快跑到宿舍吧。」

「我不要。」芳瑜撇了撇嘴，她不覺得這樣做有什麼意義。

「跑起來，跑起來。」建國再次鼓吹道，「最後到的會有懲罰喔。」

「那是你說的，可不要後悔。」芳瑜瞪了一眼建國，雖然受到委屈，但她不服輸的個性，在這時反而起了很好的效果。

「當然，妳再不跑我就要先跑了。」建國故意跑在芳瑜面前，看似挑釁著，但他其實並不在乎輸贏。

「嘿，你會後悔的。」芳瑜說完後，她一個箭步就跑在建國前面，在建國才想要追上時，就跑得更遠。她超乎建國想像的快，就像是毫不在乎可能會滑倒，或是踩在雪地，等建國吃力的跑到宿舍時，她早已經在那裡等了。

「是我輸了。」建國喘著氣說道，他實在是太久沒運動，跑得上氣不接下氣的。

「我好歹也是進過校隊的，想跑贏我再練練吧。還是你還想要順著洞爺湖跑一圈，那也是可以的。」芳瑜此時的表情簡直讓建國感到害怕，他搖了搖頭說道：

「投降，我可不想要跟自己過不去。」

「很好，那就什麼也別想了，這就是對你的懲罰。」芳瑜轉身向房間的門走去，就在她正要關上門時，她從門後探出半個身體對建國說道，「謝謝你了。」

第十一章、初雪如心

舊的已經過去，新年第一場初雪降下，迎接一個嶄新的開始。

台灣菜

建國不知道自己是幸運還是不幸運，他在新年期間都有假可以放，但在新年之前工作幾乎都是排滿的，而且忙的程度還超乎他的想像。這段期間旅館內都成現客滿的狀態，尤其是到了年末的那天，女侍們忙著布置，吉川也讓建國著手在加強旅館環境的整理，以及一些平常較少去清潔的地方。

在日本跨年的不同，從客人入住的大廳的布置，到房間內擺上鏡餅，或是即將在一月一日於外面用餐區舉辦的活動。相較於聖誕節的布置，真的是複雜與用心許多。芳瑜在與建國聊過後，工作上的表現也回到常態，但建國總覺得事情並沒有因此就結束，他也不知道從何下手會比較好。

在旅館方面，建國也特地準備了一些來至台灣的菜色，讓員工餐的時候可以加菜，他主要是準備了肉燥瓜子、與三杯九孔這兩道料理。其中接受度比較高的是肉燥瓜子，一致性的得到好評，還被吃個精光，反而是三杯九孔這道菜幾乎沒有什麼人動，讓建國自己也有一些意外。雖然評價兩極，可多數還是稱讚比較多，吉川也有吃了一些，他覺得就是味道有些不同，但好處就是特別的下飯。

建國本來以為北海道接受海鮮的程度是較高的，但卻沒想到他們很少會把這個食材拿來炒，而是生食居多。這點可能就是習慣上的不同，像建國自己就不太習慣吃冷食，但這裡的員工餐基本就是味噌湯、白飯、蛋與納豆，早晚提供的會不太一樣。偶爾會有生魚片、馬鈴薯燉肉這些。通常主要是提供基本的熱量為主，所以建國有時候吃不飽，他就會多盛幾碗白飯，配著味噌湯吃。

「建國。」芳瑜從茶水間內叫喚著他。

「怎麼了？」建國問道，期間裡他還在核對著手中的表單。

「你的那兩道菜我都有吃，你今天在我們這邊引發大話題呢。」芳瑜誇張的說道，「看到你的料理，我都想要做珍珠奶茶給他們享用。」

「珍珠奶茶？」

「是啊，這裡都沒有賣，我超懷念的。」

「妳會做嗎？」

「網路可以查，按照食譜應該不難，我之前有想過可是一直都沒有行動。」

「要幫忙也歡迎找我。」建國說道，他印象中這裡的雜貨店好像沒有賣可以煮的珍珠，如果是要用粉來做，那可能會有點難度。不過難得芳瑜有想做的事情，那也算好事，「我先忙，妳新年的第一天晚上有空嗎？我準備幾道家常菜。」

「1號？可以啊，正好我有放假，我就那天煮珍珠請大家吃看看好了。」

「那就這樣說定，有其他事情下班再說。」建國說道，他突然覺得自己剛才沒有注意芳瑜說話有些可惜，說不定她也會露出像吉川看到酒一樣，瞪大眼睛的表情。

黴

現在林子與丈夫一起入住這間旅館，兩人分別泡了溫泉，換上浴衣後便開始在附近的街道散步，很快就要過新年了，老舊的事物都會換新，那麼之前發生的事件中那些黴菌會有所改善嗎？林子半瞇著眼，回想著這段事情的經過。

「如果說到黴，妳會想到什麼呢？」一切都是從丈夫的這句話開始的。

那是在半夜兩點，林子突然接到警察局的通知，自己已經失蹤兩天的丈夫廣田，被發現在火車站附近的巷弄裡，警察請她立刻到醫院去看望，並準備好相關的手續。電話來的很突然，警員的內容簡短到讓林子感到訝異，或許是電話裡說不通，也可能是林子一時間不知道該問些什麼。

我的丈夫會發生什麼意外嗎？林子開始思考這個很傻的問題，那一個壯碩如山，不管什麼事都能解決，與他相處三十多年，從來都未曾哭過，即便是兩個孩子已經離家，或是公司裡的大小事情，他都只是對林子抱怨，但從未對自己的人生有所不滿。如此堅強的男人，如今彷彿就像是要將與她告別般，林子邊忙著在屋內尋找起自己的印章與證件，她覺得現在做這些事情都好陌生，因為不論什麼事情丈夫總能打點好，他雖然在不少事情上很笨拙，但並不會出錯，廣田總能照著自己的步伐穩穩地走著。

失蹤兩天，這不是廣田第一次晚歸，但前幾次他都只是很晚回來，這次已經長達一個多禮拜，失蹤的時間也是從林子報案開始算的，因為她對警察說謊，她沒有澄清自己的丈夫在那之前已經失蹤好幾天的事實，那也是她不願意相信自己的丈夫會這麼久都不回家。

林子把抽屜裡的東西一個個倒出，自己的印章到哪裡去了，她一點也想不起來，不過沒有印章也沒關係吧，她下意識的對著空蕩的屋子喊起廣田，一次又一次，然後她才意識到，屋內只有她一個人。

林子皺起眉頭，她發現在平常未打掃的角落裡積滿厚重的塵埃，木製的櫃子與書架旁也已經被黴菌扎根，薄薄的菌絲附蓋在上面，那就像是幾個月前，廣田在早餐時，盯著一片發黴麵包看的景象。或許一切就是從那時候開始，廣田凝視著那片麵包，像是小學時期做實驗課般的觀察，雖然林子後來把那片麵包與其他麵包都一起丟了，但沒過多久，廣田又把一片吐司刻意的使它發黴，並放在透明的塑膠袋內，仔細的培養與觀察。

「妳不覺得人就像黴菌一樣嗎？」廣田曾若有所思的問道，但他並非尋求林子的意見，而是對於那片發黴麵包的自言自語。

廣田也是從那時候開始晚歸的，開始林子是覺得廣田只是忙於加班，但在與自己朋友偶然的閒聊下，才知道廣田的公司早在一年多前就倒了，也就是說在這一年內，廣田只是每天重複著上班的行為，林子卻不知道他去哪，為什麼不願意告訴她公司已經倒閉的消息。

不，就算廣田對她說了，她也無法說出什麼鼓勵的話，也無法從已經長出紋路的臉上，擠出能使廣田放心的笑容，林子與廣田並不相同，她並沒有丈夫那麼偉大與堅強，她很愛哭，不論是遇到什麼事情都一樣，也許就是如此，丈夫才不願意對她透露吧。

將該準備的證件能找的都找齊後，林子又翻找廣田放衣服的櫃子，裡面也有厚重的黴味，因為廣田很久沒有穿這些衣服，平常上班會穿的西裝也是掛在外面，林子這時才想起來，他們已經很久沒有一起去旅行。

為什麼沒有對廣田提起旅行的事，可能是自己上了年紀，不願意從鏡子裡直視自己的緣故，也可能對於外面的世界不再感興趣所致，林子半瞇著眼睛，她猜測著自己的化妝品也可能壞了，長滿黴菌或變硬得無法使用。

從家裡面騎著單車往車站的路上飄著細雨，許久未用的雨衣也散發著一股令人嫌惡的味道。或許世界都發黴了，林子也覺得自己身上覆蓋著菌絲，那些菌絲已經牢牢的在她的肌膚上扎根，奪走她的青春與幸福。

但這也是林子的妄想，因為她認為黴菌是無法再滋生另一種黴菌的，在醫院見到臉頰乾瘦的廣田時，她突然意識到這一點，瘦弱的廣田手臂上插著營養液，就彷彿在替乾癟的麵包補充水分。

原來我也是廣田身上的黴，林子邊與警察溝通，邊忍不住這麼想著。曾經兩個孩子也是廣田身上的黴菌，他們必須依賴廣田努力的工作與付出才得已長大，而如今他們像脫離廣田，也依附在他人身上。

可是林子並不同，她沒有辦法離開廣田，也難以想像少了廣田後會是怎樣的日子，說不定那樣就跟死了沒有區別。

林子含糊的帶過警察的提問，對於警察說起廣田這幾天的行蹤，林子也是有一句沒一句的聽著，因為她並不那麼在意，就算警察因此皺著眉，並不理解林子與廣田之間的事情，她也覺得無所謂。

或許廣田也想讓自己發黴，好不容易送走警察後，林子忍不住著麼想著，她削著自己帶來蘋果，一邊凝視著廣田的臉頰，他們之間沒有說什麼話，曾經也是如此，真要說起來林子也不知道自己是怎麼與廣田相處這麼久的。

但也不需要特別找一個理由，就像是放在塑膠袋裡的麵包，就算不刻意讓它發黴，遲早有天也會長出黴菌，只要長出一點點菌絲，很快就會覆蓋整個麵包，就算想阻止也難。

那麼我對於廣田會是怎樣的黴菌呢？

林子想到這個問題時忍不住笑著，她覺得自己時在是太幼稚了。

「我想出去旅行，最好是永遠都不用回家的那一種。」

林子將削好與切好的蘋果遞到廣田嘴邊，並說出自己的想法，廣田看著她似乎有些訝異，他似乎發覺林子察覺到什麼，卻仍然不想坦白，所以只是點了點頭。

以後就讓廣田成為孩子的黴吧，林子自己也是，她將蘋果放入自己的口中，品嘗著那爽脆與酸甜的滋味。

離家的人

山田到北條家來避難已經過了三天，在這幾天裡，他們兩個吵鬧的就像是十多歲的青年一樣，北條的老婆終於受不了把他們從家裡趕了出來。兩人不知道要去哪裡，只好到附近的溫泉旅館暫住，兩人泡完溫泉後，卻也沒有想去哪裡，只是在街道與商店裡胡亂瞎逛著，像沒出過世面的孩子。

北條不免想起十多年前還年輕的時候，他們兩人一路瘋狂的奔跑，本來是想從城市一路跑到海邊，沒想到才跑不到幾公里就體力透支的倒在路邊。對於前方、未來、情感皆徬徨無助的他們，以為靠著一口氣勢就能突破些什麼，不過現實卻直截了當的表示，這樣是行不通的。

十多年後的現在，要說改變也是有的，但對於他們來說，或許什麼改變都沒發生也說不定。山田是一個在情感上很脆弱的人，他無時無刻身邊都要有人陪伴，他難以忍受做任何事情沒有人分享的時刻，他也是個相當多話的人。山田曾一度認為自己找不到適合的伴侶，但現今的他也已經是結婚滿四年的人。

北條是早山田一年結婚的，山田當時對於這件事情還感到相當的驚訝。對於北條來說就像是突然發生，他跟美佳子是在一場讀書會裡認識的，從認識開始沒多久就已經決定結婚。

那時候得知美佳子正好有結婚的打算，北條便直接地告訴她自己的想法，事後從美佳子那裡聽到，會答應北條的理由也是相同的，也就是說他們兩人幾乎是為了結婚而結婚的。

甚至在婚後很多的事情上也都是如此，山田經常會說這是兩人之間的緣分，但北條並不這麼認為，比起那種漂亮的說法，不如說是彼此都不太有太多複雜的想法，不論是出去旅行、吃飯、甚至是生小孩這麼重大的事情。

認真要考慮，說不定在北條與美佳子的腦海中，有著結婚該做什麼事的隱藏列表，他們就像想要填滿列表般，逐一做到這些事情，當然這對於山田來說也是相當荒謬的。

對此，山田再結婚之後也遇到相當多的波折，從妻子哀川的性情大變，反對要有孩子的事情，或是兩人不論到哪裡都會吵架。北條無法說這樣是好或是壞，因為山田顯得過於寵溺哀川，她也熟知這一點，更不排除他們爭執的主因，多半是兩人合開的店面經營還不穩定。

在回憶的過程裡，北條與山田兩人走過下著雪的街道，從溫泉旅館的商店街緩步走離，逐漸離開洞爺湖畔熱鬧的地區，直到黑暗逐漸包圍他們與這個世界。期間山田想從口袋裡掏出一包菸，卻發現那已經被捏皺到不能抽的程度，捏皺的煙盒或裡面擠成一團的香菸，就彷彿像是過去的他們一樣，不論是外表，或是心靈。

山田努力想把菸盒撕開，企圖能從中找到一根能勉強捏得能抽的菸，但別說能抽的了，裡面的菸都皺再一起，也不知道有多久沒抽了。山田在認識哀川之後就逐漸地把菸給戒了，不過他依舊會隨身攜帶著菸，他能忍受不抽菸的生活，卻無法忍受那小小的盒菸，不放在它該有的地方，那種不安的空虛感。

山田為此苦笑了一下，他們開始折返，直到山田發現哀川的身影逐漸地出現在他的視線範圍內。原來北條早已經先有聯繫，不然哀川也不會出現在這裡。

「謝謝你。」山田對北條說道，並拍了拍北條的肩膀，他向哀川走去，期間哀川也向北條示意，但彼此之間都沒有多說什麼，直到山田夫婦兩人從北條的視線裡離去，他看了看美佳子與她手上的孩子，兩人露出微笑。

慶賀新年

年末，建國隔日沒有上班，他買了一些啤酒，敲響著吉川宿舍房間的門。當吉川從門後探出身影時，他說明了來意。建國有時候覺得人與人之間要說簡單，可能也滿簡單的，不需要話太多力氣解釋，也可以相處得很好。

「沒想到你還帶了啤酒來，讓你請真是不好意思。」吉川說道。

「沒關係，你之前請我吃燒肉了，我今天請你喝酒。」建國說道，將袋子裡的啤酒放在桌上。

「哈哈，那我就不客氣了。」吉川拿起建國準備的啤酒，「乾杯。」

當時電視正好在播著演歌，吉川就跟著唱了起來，那是石原裕次郎所唱的北方旅人。「好不容易的來到海角邊，孤立著一盞微亮的紅色燈火。到現在我還再等著妳，妳那愛的呼喚聲，變成了我身後海風，夜晚的釧路還會下著雨吧。」

聽著吉川唱的歌，建國感到一種淒涼的滄桑感，要是跟別人形容自己有過這麼一段遭遇，講出來恐怕也不會有人相信。

吉川邊唱邊喝，越來越起勁，當他發現建國帶來的酒被喝完時，他顯得有些失落，但礙於是建國請的，他也不好意思直說。於是吉川便想到一個主意，「現在去

ＫＴＶ如何，我請客。」

「不，還是下次吧。」

「那真是可惜，那裡的小姐也很漂亮喔。」吉川笑著說道。

「下次吧，你明天還要上班不是嗎，喝得醉醺醺的可不好。」建國婉轉的說道，他可不想要被吉川牽著鼻子走，意思有到這樣就好，這也是之前他在工作時學到的。

「沒辦法，那就下次吧。」吉川雖然顯得失望，但也難得過了一次不一樣的跨年夜。

「新年快樂。」建國說道。

「新年快樂。」吉川回道。

芳瑜與建國之三

建國邀請芳瑜到宿舍吃飯，但嚴格來說並不算自己的房間裡，而是位於房間外的公共廚房。這裡的男子宿舍主要分成兩棟，每棟每一層都有兩個房間，廁所與廚房每層都有，目前建國隔壁是沒有人住，芳瑜所在的二樓也是。今晚他準備的料理有燒肉、炒香腸、炒淡菜，還有煎鮭魚等，說不上豐盛，但也是魚肉都有。

「不好意思打擾了。」芳瑜說道，她穿著一件兔子造型的外套，顯得有些稚氣。

「鞋子脫在玄關就好，雖然可能會有點冷，不過我有準備報紙，就坐在廚房的榻榻米上吧，料裡我也都準備好。」建國帶芳瑜進入廚房，地板上的榻榻米他都已經事先清潔過，盛料理盤子的下方也鋪著報紙不用擔心會用髒。

「這也太豐盛了。」芳瑜將碗筷洗好就席地而坐，她都忍不住準備開動。

「哈哈，就一些家常菜，沒什麼厲害的。不用太拘束，隨意就好。」建國說道，他還特別從房間裡拿出飲料與杯子，向芳瑜說道：「新年快樂。」

「新年快樂。」芳瑜邊說也邊拿出相機拍了幾張照片，另外她也拿出了自己做的珍珠奶茶，有些不太確定的說道：「其實有些失敗，但還是可以吃的。」

「好，那我就不客氣啦。」建國吃起芳瑜做的珍奶，雖然嚴格來說是牛奶配珍珠，而且珍珠還是白色沒有那麼透明的。他喝了一口，吃下幾個珍珠，那感覺上比較像是較硬的粉圓，不過看在芳瑜的面子上，他還是點了點頭，「還不錯啦。」

「啊，那就好，我也有請旅館的人喝過，不過他們不太習慣。」芳瑜搖了搖頭，補充道：「這真的很難做呢，我失敗了好幾次。」

「那應該是食譜的關係，不用太難過。」

「我覺得是粉的問題，他們這邊好像沒有台灣用的那一種。」

「嗯？那有可能。」建國忍不住猜想她是用什麼粉做的，但結果來說還可以接受。

「沒關係下次再去市區找看看，那我就先開動了。」

「多吃點，我可是吃不下這麼多的。」

「那還用你說，你不知道我有多想吃台灣的料理。」芳瑜立刻就夾著眼前的料理吃了起來，每一道菜她都說上一句好吃。

「妳也太誇張了，別噎到啊。」建國說著，他其實自己也有些不好意思，因為在宿舍要煮米滿麻煩的，他還特別讓芳瑜帶一些員工餐餐的飯回來。

「真的很好吃啊。」芳瑜誇張的點頭，讓建國不免覺得都有些好笑。

在吃飯的同時，芳瑜提到之前聖誕節發生的事情，她自己也有些困擾。主要是早班櫃檯的龜田約她出去看夜景，她就不疑有他的跟著去了，那是在旁邊的昭和新山。

「他對我表白，並有些行動，但我拒絕了。」芳瑜說得委屈，但幸好是沒有發生什麼，不然肯定會變得相當麻煩。

「這麼明顯的事情妳就要拒絕。」建國搖了搖頭，他開始就覺得芳瑜在這些事情上不夠敏感，或涉世未深，這下還真的跟他所想的一樣。

「我真的一時沒有想到那裡去。」

「那現在該怎麼解決呢？」建國說道，若是指責芳瑜也不能解決事情。

「從那天後我們就很少見面，應該是不會發生什麼。」

「我會覺得妳應該直接表達清楚。」建國試著讓自己不要太過於嚴肅，但他心裡卻是很複雜的。就像現在他與芳瑜兩人的情況，對她來說也是相當危險的，這讓建國反而有點想要怪自己，可能是在一些地方他沒有跟芳瑜說清楚，才會導致這樣的事情發生。

「不用擔心，我會解決的。」

「真的嗎？」建國感到很懷疑。

「真的，上次我只是嚇到了，我會找時間說清楚的。但我想不用太擔心，他感覺沒有那麼大膽。」芳瑜說道，建國看她胸有成足的樣子，他很想說些什麼，但又覺得說出來後幫助也不會太大。

「那就這樣吧，有事情要說，不然找女侍她們討論也可以，或是找吉川幫忙。」

「好，不過很難得你會提到吉川。」

「雖然想法上多少有差異，但那也是難免的。」建國說道，他之前是滿常跟芳瑜抱怨工作上的事情，但那並非他真的討厭吉川。

「是、是，謝謝你的料理。」芳瑜笑著說道。

「不用客氣。」建國覺得有必要再多注意，或是告知吉川，已避免可能變得更糟的情況。

吉川與孩子

趁著新年的時候，吉川約了自己的孩子，但也沒有什麼特別的計畫，就只是很普通的見上一面。吉川也明白妻子並不喜歡兩人的見面，尤其是在這個年紀，妻子總擔心他會對詩織有不好的影響。兩人是約在常去的速食餐廳，詩織穿著便服，她看上去比吉川之前見面時還要成熟一些，可惜就是身高遺傳到吉川，沒有什麼再增加。

「呦。」吉川將事先準備好的紙袋放在詩織面前，裡面有一條新的圍巾，其實吉川也不知道送什麼好，但他總覺得兩手空空的來有些奇怪。

「這已經是第十二條圍巾了。」詩織說道，但她並沒有露出不耐煩的表情，因為她知道雖然父親不擅於表達，但人是不錯的。

「妳可以把舊的換成新的。」吉川說道，就跟之前的說法一樣。

「現在早就沒有人會送圍巾了。」詩織說道，她將已經點好的咖啡跟薯條的餐盤推到吉川前方，之前還需要吉川點好，但現在都不用了。

「不提圍巾的事情，妳這幾天有計畫去哪裡嗎？」吉川問道，他喝了一口咖啡，還是溫熱的。

「牙齒（亞矢）吵著要去大阪，早知道我就不把時間都花在打工上了。」詩織翻了白眼，她說的其實是自己的母親，也就是吉川的妻子亞矢，不過她總會喜歡說錯，或是用奇怪的稱呼。從詩織長大後，她便很少說過母親的本名，吉川總覺得她們兩人的關係很複雜。

「去台灣如何？」吉川說道，他回想著建國跟他介紹的那些地名與特色，「像是去台北逛夜市，吃當地的美食，或是逛101等，有滿多地方可以去的。」

「台灣？」詩織眨了眨眼，她多少知道一些關於台灣的事情，不過從吉川口中說出，還滿奇怪的，「牙齒（亞矢）不會答應的，你又不是不知道她的個性。我真希望能跟她說，嘿，妳知道嗎，妳要自己照顧自己。」詩織故意模仿大人的口吻，吉川苦笑了一下，他多少能體會她的感受。

「還真是麻煩妳了。」

「是超級麻煩好嗎！」詩織覺得自己都要瘋了。

「妳也可以考慮搬出去住了。」吉川說道，「但不要說是我講的。」

「我也有想過，但狀況似乎並不會改變太多。」詩織搖了搖頭，她不明白為什麼這些年亞矢的個性越來越不成熟，完全與她相反。

「如果有必要妳可以找我。」

「我可不想要事情變得更加複雜，我想我能處理好的。」詩織說道，彷彿這件事情早已經對她來說不算什麼。

「那就沒什麼問題了。」

「嗯。」詩織點了點頭，「不過還是別喝太多酒。」

「我知道。」吉川揮了揮手，一如往常。

「台灣的事情，下次你直接跟她談如何？」

「不，還是算了吧。」吉川搖了搖頭，他不覺得會有什麼改變。

「也是，那是你的事情。」詩織起身，「我該走了。」

「需要送妳回去嗎？」

「不，我可不想要不小心引爆什麼。」詩織誇張的說道，兩人互相看著彼此，露出微笑。吉川點了點頭：「那就不送了。」

詩織的身影緩慢地消失在街角，吉川呼了一口氣，她沒什麼好讓他擔心的，反而是身為大人的他或亞矢才更需要被關心。這樣的說法不免有些好笑，吉川皺著眉頭，他覺得自己還是不去深究的好。

第十二章、長路漫漫

人生無處不是風景，跌跌撞撞，迷惘徘徊，也終會抵達心之所向。

淑芬與母親

淑芬慢步在洞爺湖的湖畔，她一邊牽著母親的手，一邊聽她說起當時認識父親時的事情。在淑芬的印象裡，母親通常都忙於工作，平時家裡的大小事情都是由她或是父親互相幫忙。淑芬很敬佩自己的母親，小的時候儘管工作再忙，她也會抽出時間，帶她到不同的地方玩。母親與凡事小心與內向的父親不同，她就像是知道世界上所有有趣的事物，多數的時候她們更像是姐妹，而非單純的母女。

一直到近幾年，當父親過世時母親才有了明顯的變化，她為此消沉了一段時間，那陣子她變得相當安靜，她不再喜歡出門，多數的時候都喜歡一個人待在家裡。不過很快她開始學畫，她喜歡漫步在山林間的泥土地，或是描繪城市的街道與人們。

「我想就在這裡，這裡的角度剛好。」芯雯對淑芬說道，她望向洞爺湖與湖畔旁的人們。今天天氣很好，陽光灑落在湖面上，偶爾還有微風吹過。

淑芬知道只要母親開始作畫，那通常都會是一整天。她並不懂畫，她總是在想母親作畫時，或許會回想起某個記憶，可能是與父親的，或是人生中某個重要的時刻。淑芬在母親作畫時，都會在她的身後望著她的背影，她想自己或許並非那麼的了解自己的母親，還有世界上很多的事情。

淑芬拿起相機，對著母親作畫的方向拍了一張，她有著一頭銀白色的短髮，最近才染過。淑芬問起母親為什麼不考慮染黑的，她只笑著說：「符合這個年紀也沒有什麼不好的，沒有必要太糾結過往。」母親所表現出來的一直是勇敢與堅強的個性，若要問母親有沒有害怕的事物，她肯定會很乾脆的回答沒有。

淑芬重新調整焦距，她的視線隨著相機裡的鏡頭移動，越過母親的身影，洞爺湖的湖畔，近處的中島，遠方的羊蹄山。母親總說那是北海道的小富士，如果不是天氣好還不見得有機會看見。再往更遠處，影像逐漸散開，難以捕捉到明確的事物，那看起來很像天空的一片，像極了淑芬內心不安與迷惘的那一塊。

淑芬有著一段失敗的婚姻，她曾為了他付出了所有，如今除了兩個孩子是勉強爭取來的，他什麼也沒有留下。經歷過這段婚姻後，淑芬才明白到並非什麼事情都像想像中的夢幻與美好，哪怕是自己深信的事物，也有可能在瞬間就一無所有。幸好現在兩個孩子都大了，雖然正處在青春期的尷尬年紀，能獨立照顧自己，互相幫忙也沒有什麼好擔心的。

大女兒惠娟最近好像偷偷談著戀愛，上高一後一切都變得很快，不論是外表，還是所接觸到的事物。淑芬想到她為了不讓戀情被發現，刻意隱瞞的各種小動作，反而讓一切變得明顯與不自然。年初前她們還吵了架，也不光只有年初，她們幾乎都會為一點小事吵得不可開交。淑芬也覺得沒有必要這麼做，但她知道自己無法像母親一樣凡事都願意跟孩子討論，她覺得自己有點神經質，擔心著許多可能都不會發生的事情。

相比之下小兒子國彥就顯得過於安靜與內向，他讓淑芬想起自己的父親，有時候連淑芬也搞不太清楚他真實的想法。國彥目前國三，成績與學校朋友相處上都不錯，但淑芬有時候覺得他才是應該被擔心的那一個。他與母親有著相同的興趣，當淑芬將小兒子的狀況告訴她後，一切都看起來有了方向。多數的時候他們會在周末一起去郊外寫生，母親就像是有一把能打開他心防的鑰匙，亦或是小兒子本身就與淑芬的父親很像，對於母親來說與他之間的對話並沒有那麼困難。

「他們並不一樣。」芯雯總是會這麼說，但淑芬一點也不明白，她有的時候會很害怕國彥露出一種孤獨與失望的表情，彷彿他有著與外表完全不相同的年齡，思考方式或想法。

淑芬接連拍了很多張照片，她順著洞爺湖的湖畔緩步慢行，相機捕捉著往來的旅客、風景與時不時飄散的細雪。來過北海道數次後，她逐漸理解母親會喜歡這裡的理由，不論內心有再多的想法與煩惱，都會隨之沉靜下來。數個月後白雪漸融，大地恢復生機周圍的景色由白轉綠，就像每次旅行後在她的心中總能明確方向。

芯雯與女兒

午後，當芯雯收拾好畫具，她用手機傳了LINE給淑芬，上面寫到：「我這裡已經結束了，妳在附近嗎？」沒有多久後，一則訊息就傳了回來：「等等我馬上到。」還附上了一個可愛的貼圖。

芯雯試著舒展僵硬的身體，上了年紀後身體就像不聽使喚般，變得異常的敏感與容易出現各種毛病，雖然在作畫的時候她可以暫時不用去思考這些，但那也不是絕對。幸好今天天氣還算溫暖，雖然冷風讓骨頭痠疼，會讓拿畫筆都是個問題。

「呼，我回來了。」淑芬喘著氣，她就像是從很遠的地方跑來似的，這不免讓芯雯覺得有些好笑，她伸出手揮去散落在女兒頭髮上的雪花，笑著說道：「妳這是鑽到雪裡去了嗎？」

「啊，這個嗎，也可以這麼說吧。」淑芬紅著臉，她剛才確實是為了想要拍在雪地裡的照片，而把自己弄得滿身是雪，「妳還記得之前在旅館幫我們鋪床的年輕人嗎？剛才我想回旅館拿個東西就遇見他，我問他有沒有一個旅客比較少去，拍得到深雪的地方，他就告訴我了。」

「我記得啊。這樣看來你是進行了一場大冒險呢，有拍到好照片嗎？」

「可多著呢。」淑芬笑著說道，她就像是等不及要展現自己發現的成果，「那妳現在是想要吃飯，還是要回到旅館休息呢？」

「天氣還很好，我還想要在附近走走。」芯雯說道，雖然她覺得有些累了，但她可不想要浪費難得的旅行時光。她突然想起了一件事情，她激動地抓住淑芬的手：「啊，我有向妳說過我為什麼會喜歡上妳父親嗎？」

「嗯，我想我忘記了。」淑芬假裝思考著，但她是不會忘記的，因為母親最常提起的就是這件事情。

「我只是很不甘心，當時有那麼多人追我，就只有他一個人，不論我穿得再漂亮，特別準備了一些話題，但他就是不會有任何表示。」芯雯笑著說道，「不過他第一次跟我告白的時候倒是沒有咬到舌頭呢，後來我才知道他為了那場告白準備了三年。」芯雯說道，眼眶就泛出了淚水，她說得太激動，吸入不少的冷空氣，那讓她的肺有些冷的發疼。

「別太激動了。」淑芬輕拍她的背。

「沒事的，沒事的。」芯雯說道，「我再跟妳聊幾個有趣的故事吧。」

她們漫步在洞爺湖的湖畔，回憶隨著兩人交談的聲音緩慢地滲入細雪中，一些被遺忘在這裡，一些被踏開留下足跡，還有的仍在空中飄散著。

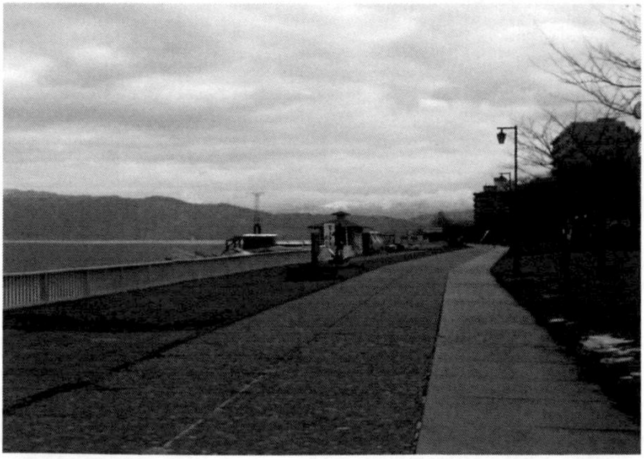

圖8　湖畔道路

吉川的收藏

這裡的垃圾不像台灣一樣每天都有垃圾車來收，通常是早上將飯店內的垃圾集中放到一旁的垃圾區，等到滿的時候吉川會開車小貨車將這些垃圾載運到一旁室蘭市石川町的大型垃圾場處理。建國通常會稱為這個為倒垃圾之旅，只要時間允許，吉川都會讓他趁著下午空班的時間一同前往，返回的途中吉川會帶他到推薦的餐廳用餐，或是附近的神社與景點。

吉川喜歡在車上放著音樂，他通常會聽廣播，有時候他也會聽自己收藏的音樂。建國則是喜歡看著沿途的風景，他們會一路從山區，駛向一望無際的平原，進入市區，沿海。來到這裡的這幾個月，建國覺得每一次出去都能看到不同的景色，從被白雪覆蓋的風景，到雪融後山坡與平原變成枯黃轉成翠綠。

今天吉川就像是早有準備似的，他向建國說道：「我想你應該猜不到我今天準備了什麼。」建國搖了搖頭，他還記得上次吉川準備的是河島英五的專輯，收藏這些音樂也是他的興趣之一。

「嘿，這可是非常稀少的，這是鄧麗君的專輯。」吉川小心翼翼地將專輯拿出，並放入車上的播放裝置裡，順著樂曲撥出的歌曲是我只在乎你，「想當初我就是放著這首歌，才追到我的妻子。」吉川相當自豪的說道，雖然這都已經是往事了。

「我還是第一次聽到她的日文歌。」建國說道，他也是很小還是嬰兒的時候，收音機裡經常會有鄧麗君的歌，不過他記得的並不是很多，關於鄧麗君的事情，很多時候都只停留在這個名子上。

「可惜一切來得快，結束的也很快。」吉川說道，他想到的是他的婚姻，建國以為他是在說鄧麗君的早逝。隨著歌聲在車內響起，彼此腦中都浮現不同的畫面。「任時光匆匆流去，我只在乎你。心甘情願感染你的氣息。人生幾何能夠得到知己？」

圖9　伊達神社

第十三章、逐雪而行

離開洞爺湖畔，巴士沿著山巒而行，窗外是群山與遼闊的平原，直視遠方時，心會是開闊的。

休息室雜談之四

「我週末預計會到札幌。」建國提起他的放假計畫。

「札幌啊，有準備要去什麼地方嗎？」吉川將電視機的聲音轉小，好聽清建國的聲音。

「可能會去北海道神宮。」

「神社？你真是喜歡神社呢。」

「有推薦的地方嗎。」

「沒什麼特別的，再過一段時間到夏季，往北到旭川、富良野等都不錯，就像我先前說的。不然找小芳吧，她不是已經去過函館、札幌等地方，我可不知道現在年輕人喜歡什麼。」吉川將煙掛叼在嘴邊，有些片段的回憶閃過，但那都太遙遠了。

「我會再想看看。」建國也並非沒與芳瑜聊過旅行，只是她的計畫是從在台灣時就整理好的，像是祭典、重大活動、景點等。而建國並沒有這種目的，其實會想要去札幌，無非是想要轉換心情。因為對於建國來說，這段時間的工作與生活，仍然沒有找到一個具體的目標與方向，反而更加地迷惘。

「或是去居酒屋或小酒吧，那樣我可以推薦你幾間不錯的。」

「喝酒就免了吧。」建國可不想幾天放假都在宿醉。

「不一定要喝酒，也可以跟漂亮的小姐聊天啊。」

「只有媽媽桑跟喝醉的大叔吧，如果有那種漂亮的小姐，肯定很危險。」

「是啊，很危險，會把你深吞活剝。」吉川說的時候自己都認不住笑了起來。

「那你還推薦我去。」

「唉，那也是有意思的地方，不過有些東西要我來說，你也不會明白，只能說你太年輕了。」吉川邊說邊又自顧自地笑了出聲，建國很少看他這麼笑過。

「你還真是壞心。」

「那不開玩笑了，我覺得不然你就約小芳出去如何。」

「喔，別鬧了。」

「我沒開完玩笑，其實大家早就知道你們關係特別好。」

「我們之間並不是那種關係。」建國說著自己也有一些尷尬。

「我明白啦，但該去做的還是得去做，不要浪費時間在思考或堅持一些奇怪的事情上，以後該煩惱的還多著呢。你是個男人，對自己做的事情付起責任來，這樣就好了。就像夜班的村上，他也跟你一樣大，除了工作以外，不定時就會出去滑雪、旅行，但不要像龜田一樣就好。」吉川將手裡的煙捻熄，並站起身來，「不說了，去工作吧。」其實吉川也不特別想說這些，那不是他該擔心或煩惱的事情。

在遠方

當巴士緩慢地從洞爺湖駛離，建國想起自己離開台灣，當飛機離開地面，行駛於空中之時，他所熟悉的城市逐漸縮小，白雲綿延晴空萬里，而現在在他眼裡的有群山、白雪，遼闊的大地。

你未來想要做什麼呢？建國經常會想起這個問題，年幼的時候他很嚮往成為太空人，探索未知的宇宙。他也有想過消防員或是警察，還有一些朋友經常討論起的。但他很少了解這些具體該如何執行，而自己又該前往何方。建國的成績並不優異，進入高職後，他覺得父母並不看好他的選擇，在校園裡的同學也很少將會討論功課，多的時候都是要去哪裡玩，有時還會翹課，在他們之中也有不少在忙於工作的人，他們幾乎只要一放學就立刻去工作。國中時期認識一些成績很要好的朋友，建國也越來越難理解他們的想法，他們有很長遠具體的目標與規劃，並穩健地實行著。

開始在飯店的中餐廳當助廚實習時，那段日子每天都很忙碌，從早上開始，有時要到深夜，各種大小的雜事都要做。接觸到的師傅也有很多種，像是國中輟學的、待過監獄，有過黑道經驗的等。他們多半不喜歡唸書，會覺得有一技之長比較重要，雖然師傅們基本抽煙喝酒都會，但他們很少鼓吹新人也這麼做，尤其是像建國一樣仍在讀書的。

雖然師傅不鼓勵升學，但也很反對做非法的事情，他們經常會說：「人只要一旦有了紀錄，不管未來再怎麼努力，都很難翻轉。到了外面沒人敢用你，就算是自己創業的，有些公司也不見得會跟你合作。」

此外師傅也經常抱怨時代變了，現在不像過去一樣用罵的來教人，如果遇到狀況特別多的，大不了就是放著不管，能學到多少就各憑本事。不過真的用心想要學得的，師傅都願意教，也不用特別的巴結與討好，工作的事情能俐落地處理完，不用別人擔心才重要。

建國自己還滿喜歡這份工作的，但他也同時覺得這份工作的侷限性，像是廚師這份工作並不受到重視，若不是在飯店，像是連鎖餐廳和或一般店面，也已經用中央廚房與標準作業流程取代繁雜的工序。就如同師傅提及的，加工食品的味道通常都更為突出，食材與時間相關成本差好幾倍，你自己會怎麼選擇，更不用說外面還要考慮昂貴的租金問題。在工作上也不見得每個人都相對積極，這方面也反應主管跟上層是否重視，因為做的更多並不會反應在薪資上，所以只要完成份內的事情就好。

在建國認識的一些人之中，也有人是不得不工作的，即便那份工作會對他的身體或心靈造成巨大的壓力，但他們仍舊苦撐著。也有不少人是迫於環境的壓力被迫加班，每天早上出門，回到住處時已經是半夜，連假日也是如此。

當思緒被睡意慢慢抽離現實，建國還是不清楚怎麼樣做才是好的，或未來應該做些什麼。但可能也如吉川所言，這些都是沒有必要的煩惱，他只是缺少了一份該有的覺悟。

更遙遠的

抵達青年旅舍後，建國將行李放好，沿著街道緩步而行，他找了一個在商店街上的小餐廳。餐廳裡是很傳統的日式料理，坐的客人不多，是由一位老太太經營的，建國點了一份牛丼飯。等待的時間裡，建國看著電視內的節目，他覺得很輕鬆，就像是在台灣隨處可見的小吃攤，不用過度的裝潢與擺設，自然地融入在這個城市裡。

飽餐一頓後，建國在電話亭撥打一通長途的電話，對象是他的父親，他們已經很久沒有聯絡。電話響了很長一段時間才被接起，建國隨即說道：「喂！是我啦。」

「喔，怎麼了嗎？」電話那頭傳來熟悉的聲音。

「不，沒事，我目前在日本一切都順利。」

「沒事就好，記得多吃飯，多穿幾件衣服。」

「好啦，我知道。」

簡短地幾句對話中，既熟悉也很陌生，建國想起吉川的生活，卻不知道父親是否也是如此，一個人是怎麼過的，會感到寂寞嗎？會喝酒嗎？還是一如過往呢，想到此便感到一陣鼻酸，在掛上電話前，建國說了一聲謝謝，那聲音很小，小到彷彿隨他吐出的白眼煙一般，很快就消逝了。

夜晚，建國在便利商店買了一小罐啤酒與一些烤雞肉串，望著札幌的街道與天空飄著的細雪，如此的簡單，卻又像是人間美味似的，建國露出淡淡的微笑。那一晚他睡得很深，可以說是來到日本最安穩的一夜。

円山公園

円山公園位於市區內，只要搭地鐵就能到達，建國想前往的北海道神宮也在這個公園。今日天氣晴朗，由

圖10　北海道神宮

於來得早，只有少數的行人在此漫步。建國找了一張長椅便坐下來，公園處處可見各種雪景，景色十分優美。

建國在想要是能在台灣也有一個相似的地方那或許不錯，可是公園與寺廟幾乎都是分開的，除了土地宮廟會在公園或是稻田中。而都市的土地相對來的珍稀，除了寺廟外，有不少文化的建築都遭到拆遷。相關的配套與宣傳也是一個問題，像是北海道神宮就有租借服裝的服務，遊客來到這裡，除了參拜外野也能留下不同的回憶。

建國思考著要買給吉川與芳瑜的禮物，以及自己之後的計畫，他想將工作的時間提前，並準備去四國遍路的計畫。那是一個走訪八十八個寺廟的深度旅行，不同於工作或是觀光若能有不同的體驗，也是難得且珍貴的。

建國起身，順著步道走了一段，穿過數個巨大的鳥居，直至能清楚地看見神社。他簡單的參拜，並祈求之後的行程能夠順利，與能找到未來的方向。另外也對吉川、芳瑜與旅館的人旅客及員工祈福。結束後建國拍攝幾張照片，透過鏡頭他捕捉到從白雪上飛起的鳥兒、攜手走過的戀人、白雪覆蓋的公園，與自己走過留下的足跡。

圖11　円山公園鳥居

第十四章、在雪之下

孩童挖開了屋後的雪，許多冰棒與甜食藏在那裡，再藏一些到肚子裡，趁沒人發現的時候。

吉川與芳瑜

「小芳，我有事情找妳。」吉川在走廊上叫住芳瑜。

「我？」芳瑜有些遲疑。

「對啊，這個給妳。」吉川拿出一個布丁放在芳瑜的手上。

「為什麼要給我布丁啊。」芳瑜忍不住笑了出來。

「龜田的事情，建國已經跟我說過，也已經處理好，希望不會給妳留下一些不愉快的回憶。」

「啊！難怪今天龜田會跟我道歉。」稍早之前龜田突然跑過來道歉，讓芳瑜嚇了一跳。

「嘿，本來是想給他一點顏色瞧瞧的，只是這種事情不好處理，希望妳能體諒。」吉川說道，如果可以他本來還想告知老闆，最好能讓龜田辭職，不過龜田對於旅館的重要性，肯定很難改變什麼，最後也只會鬧得不愉快。

「那件事情我也有錯，何況龜田已經跟我道歉，我沒有想要追究。」

「妳沒有放在心上那就好，如果他再敢做些什麼，妳就跟我說，大家都會幫妳的。」

「我知道了。」

「不然要他土下座也是沒問題的。」吉川說著，一副躍躍欲試的樣子。

「那樣就太誇張了。」芳瑜被吉川逗笑。

「女侍她們也都知道，對我們來說你們就像我們的孩子一樣重要，不用害怕，有什麼就儘管說出來。」

「我會的，還是謝謝你的布丁。」

「唉，這沒什麼。」要不是龜田對旅館有重要的影響，吉川才不會輕易放過他。

吉川與廚房

廚房旁邊有一個專門給員工用餐的地方，這裡空間不大，一張桌子是給四人用的，但有時人多則會擠到六人。員工餐分三餐，有上班都能吃，不過吃的東西相對簡單，白飯、蛋、納豆是自由取用的，湯則是有固定量冷了就自己加熱，中午與晚上有主食通常是魚類的料理，是一人一盤分裝好，不用擔心不沒有。用餐次序通常是廚房的先吃，再來是服務客人的女侍、接著才是吉川，櫃檯與內部的出納與老闆就不一定。

今天建國不在吉川是一個人用餐，在這裡通常是女侍們在的時候特別熱鬧，她們會聚在一起吃，也有很多話題聊，不過吉川並非不喜歡這種安靜，而且如果之後工作不忙，他可以慢慢享用。

「你今天心情不錯喔。」凜子從一旁探出頭來說道，她是廚房的副廚，平時員工餐都是她準備的。雖然上了年紀，腳有些不方便，但忙起來的時候，還是特別地敏捷，不輸給年輕人。

「有嗎？我覺得跟往常一樣。」

「你平常才不會一邊哼歌一邊吃飯。」

「嘿，我都沒發現。可能是因為做了一件有意義的事情。」吉川將雞蛋打入裝有納豆的小碗裡，放入醬油，輕快地拌勻並倒在飯上。即便這再普通不過，但此時就像是一道美味的料理，讓他的肚子忍不住地發出聲響。

「是因為那些年輕人嗎？」

「對啊，多虧如此我才有機會給龜田一個下馬威。」

「喔，那確實是一件值得慶祝的事情，晚上就做炸雞吧。」

「炸雞啊，真不錯。」

「不過已經好幾天沒看到你身邊那個年輕人，他去哪裡啦。」

「正在札幌放長假呢。」

「嘿，那怎麼沒帶小姑娘一起去。」

「我也是這麼想的，要是他有龜田一半的勇氣。一切都會有意思的多。」

「唉，那可不好說。」凜子邊說邊將視線轉移到窗外，「最近又要下大雪，要是到時候沒有客人，又要頭疼了。」

「這種事情也不是我們該擔心的。」

「說的也是。但那些年輕人不再之後，會感到很寂寞吧。」

「那也不是我們能決定的，至少他們不會像我一樣，成為一個落魄的大叔。」

「你還好意思說。」凜子大笑著。

吉川與洞爺湖

吉川沿著洞爺湖畔的步道緩步而行，今天他沒有喝酒，也說不上有什麼特別的目的。只是一種突然的想法讓他沒有回到宿舍，而是繞來這裡。其實來到這間溫泉旅館後，吉川很少會來到此，因為看到年輕的情侶，或是互相嬉鬧的家庭，就會感到特別傷感吧。

這天可能因為夜晚要降大雪的緣故，湖畔起了大霧，連近處的中島都被隱藏於其中，當太陽透過霧照射到湖面與湖畔，形成一種特別的景色。吉川凝視了湖水很長一段時間，有很多事物交織在一起，又隨即消逝。直到有一個東西輕碰到他的腳，他低頭往下看才發現看，那是一個棒球。

吉川拿起棒球，轉身看向那一個朝著他跑來的男孩，他說道：「接著。」看著球從他的手中化成一個拋物線，落到男孩的棒球手套中。他笑了，還真是懷念，吉川心想，可惜自己沒什麼機會與孩子玩拋接球。再想到自己亦無法重來的人生時，不由得一陣鼻酸。

吉川又往前走了一段距離，直到他走進一間便利商店內，不過這次他沒有買酒，而是買了幾支冰，與一些他未曾吃過的零食。如此能回到孩子的時候也說不一定，吉川光想就覺得自己有些幼稚與可笑。在他返回路上吃著這些零食與冰棒時，一邊想著怎麼這麼甜，有些味道又很奇怪，真不同為什麼孩子喜歡吃這些。

第十五章、藏心於雪

有些事到嘴邊不知該如何說，想想那不安定的未來，無法顧及的事物，望向遠方落下的雪，還是放在心裡吧。

與吉川告別

這幾天迎來較大的降雪，四周的雪都積累的很深，建國聽芳瑜提起她每天早上在鏟雪車清除路面前，雪的深度能超過膝蓋，有些地方還能到達腰部。她經常會笑說那就像是在雪裡遊泳，建國還沒有過這樣的體驗，通常他出門時，道路上的積雪都被清除的差不多，他也不會刻意的道路旁的積雪上玩，他總會擔心不小心踏空，或是讓自己感冒。旅館幾乎取消了不少客人的入住，幸好到來的客人都沒有因為大雪而導致旅程的延後。

建國有空時就會站在員工出入口的地方看著大雪降下，與平日飄散的細雪不同，看起來就像是被迷霧籠罩，站在下方又會有像是大雨灑落的感受。到這裡來的數個月後，建國能理解當地人並不怎麼喜歡雪這個氣候的原因。除了道路的賭塞，降雪的時候外面也會異常的冷，有時候他們還會撐著傘避免雪附著在身上，導致進入室內時融化滲入衣內。若在街道上就會看見兩種完全不同的狀況，一邊是快步離開的人，一邊則是看到大雪高興地歡呼，甚至玩起一旁的積雪。

「這是送給你的禮物。」建國在休息室內拿出前一些日子去札幌買的專輯，他特別請店員包好，好讓它看起來較為正式些。

「給我的？」吉川有些疑惑的收下那份禮物。

「是啊，我挑了一些專輯當作禮物，再過一段時間就要離開了。」

「離開？可是你不是要在這裡待半年？」吉川顯得有些驚訝。

「我提前了，工作預計會做到下周。」

「這還真是突然，都已經確定了嗎？」吉川看著手上的禮物，他一度懷疑自己是否在作夢。

「都確定好了，這一陣子也麻煩你的關照。」

「不，你客氣了，是我麻煩你比較多。」吉川假裝鎮定的點起菸來抽，「那麼之後你有什麼打算呢？」

「我想要去四國走一趟遍路，那裡有八十八個寺廟，是一個非常特殊的旅程。」建國拿出一本寫有四國遍路的日文書說道，上面有著不少的介紹與建國的筆記。

「這樣啊。」吉川半瞇著眼，有很多的想法從他的腦中閃過，卻又像是吐出來的菸逐漸消散，「沒辦法，過幾天幫你辦一場送別會好了，我會帶你去我們這裡最好的小酒館。」

「那還真是不好意思。」

「哈，有什麼不好意思的，一期一會，那天要喝的盡興。」吉川雖然嘴上這樣說，但在他的內心卻顯得相當複雜。吉川的視線望向休息室的窗戶，窗外飄著大雪，到晚上雪還會積累的更深吧。

與芳瑜告別

「嘿，妳要回去了嗎？」建國在員工出

圖12　小積雪

入口叫住芳瑜，在這之前他一直在一旁的休息室內等著她出來。

「是啊，今天忙得比較晚。」

「我知道，今天的旅客比預期的晚了一個小時才到吧，大家的脾氣都很差。」

「比這個天氣還要糟。」芳瑜看著外面的風雪，那就像是電影災難片才有的場景，「你也要回去嗎？」

「是啊，不過在那之前這個送給妳。」建國拿出準備好的圍巾，這其實是吉川的建議，他覺得圍巾能連繫彼此。

「為什麼是圍巾啊。」芳瑜看著那條圍巾忍不住笑了起來。

「下個禮拜我就要離開了，想說送些什麼。」

「現在這個年代已經沒有人會送圍巾。」芳瑜雖然這麼說，但她還是收下那條圍巾。

「妳好像一點都不意外。」

「你是指你要離開的事情？我只是覺得這天遲早會發生，還記得我說過當初我來的時候也很不習慣嗎？」

「嗯，不過妳改變了很多。」

「不，一點也沒有。」芳瑜搖了搖頭，「我只是不服輸吧。」

「別謙虛了。」

「我才沒有，你根本不了解。」芳瑜顯得有些氣憤，她被女侍們指責禮儀與服務的問題，以及被客人嘲笑，這些建國都不知道，「若你要走就走吧。」芳瑜說完後便一個人離開旅館，走進風雪之中。

望向芳瑜的背影，建國有些錯愕，他試著跟上她，但建國不知道該怎麼開口才好。兩人一句話也沒說，只是走在風雪之中，街道上的雪積累的很深，兩人走得很慢，每踩出一步都顯得吃力。建國吃了不少被風吹到臉上的雪，兩人都很狼狽地回到宿舍，正當兩人都想跟對方說什麼，互相看著對方的時候，都忍不住笑了起來。

「你看來很像雪人。」芳瑜笑著說道。「妳也是。」建國回答道。兩人互相拭去對方臉上的一些殘雪，彼此都被凍得有些通紅。他們望著彼此，這是他們認識以來距離最近的一次，兩人都像是在等對方開口，但誰也沒有說出任何一句話，等到彼此都回過神來的時候，互相都打著冷顫。

「太冷了，妳還是趕快回去吧。」建國覺得不光只有臉，身體都快要被凍僵了。

「嗯。」芳瑜點了點頭，她拿起手中裝有圍巾的袋子，「謝謝你的圍巾。」

「不用客氣啦。」建國說道，「剛才的事情抱歉了。」

「你又沒有做錯什麼，是我才該抱歉吧。」

「不，是我不好。」建國本想著要怎麼開口，芳瑜先一步的大力拍著他的背，說道：「別想了，沒什麼事情的，不用放在心上。」

在芳瑜準備離開前，她像是想起什麼，現先是要建國等一下，而後慌張地跑上樓，並拿出一個布丁給建國。

「布丁？」

「是啊，這個很好吃喔，龜田已經跟我道歉，是吉川幫忙的，謝謝你。」

「那沒什麼啦。」

「還是得感謝你幫忙，以及很多事情都是。」芳瑜說道，如果不是建國幫忙有些事情不會那麼順利，其實她自己內心也有著不安與恐懼，只是她一直都裝作堅強。

「就互相幫忙，沒什麼的。」

「那我回去了，明天見。」

「嗯，明天見」

建國在芳瑜離開後還待在原地一段時間，他望著前方的雪地，感覺到手中布丁的重量，以及內心像缺少什麼似的。

心與雪

夜晚，當風雪拍打著宿舍的窗戶，建國在深夜中醒來，他的大腦昏沉的，就像是一塊笨重的石頭。他試著身手點開暖爐，當火光燃起，房間裡的寒意卻顯得沒有因此消退。建國點亮房間的燈，他裹著棉被待坐在房間裡很長一段時間，想起來到這裡的數個月，他覺得自己沒什麼改變，雖然經歷不少事情，但好像就是那麼一回事了。

建國起身，緩步走離房間，離開宿舍，他躺在宿舍旁的白雪上，凝視著飄著雪的天空。夜空裡看不見什麼亮眼的星，只有風呼嘯而過的聲音，還有他的心跳聲。建國想著之後的行程，想著一些不完

圖13　荒地雪景

整的計畫，他仍然沒有明確地想做什麼。有些雪花飄散在他的身上，他意識到這趟旅程快結束了，而未來還有很多不確定的正等著。

一切都會順利嗎？一切都會順利吧，建國心想。隨即他想到了吉川，不知道他是否已經睡去，還是在喝著啤酒。或是旅館內的旅客，以及曾發生的各種事情。

第十六章、忘年之雪

忘不了心頭煩憂，大雪將世界覆蓋，留下一片絕美的白。冷風蕭蕭，孤獨伴我，忽見年少望雪樣，眨眼皆已成空。非雪之白，亦非人生難。

芳瑜與建國之四

早上，在建國往旅館的路上，他比平常還要更加地注視著周遭的景色。風雪過去後，天氣特別的好，加上已經入春的關係，雪融後的地面冒出一些綠芽，枯樹上也開始長出嫩葉。建國希望自己能盡量記得多一些，這樣未來想起的時候就會有很多片段，豐富而有趣。

芳瑜趁著他不注意的時候，從建國身後推了他一下，他在融雪的薄冰上滑了一小段距離。那瞬間建國還以為自己會出什麼意外，他嚇得心臟都快要跳出來。

「妳這是想把我殺了嗎！」建國嚇得大喊。

「太誇張了，出什麼事情我會把你從雪堆裡拉起來的。」芳瑜笑著說道。

「一大早就被妳這樣嚇，妳是有什麼居心啊。」

「我是來還禮的。」芳瑜拿出一盒三明治。

「三明治？」

「是啊，三明治，我做的喔，畢竟我又不會做其他東西，也來不及準備禮物，所以就做了三明治。」

「沒把廚房搞得一團糟吧。」建國看著那個三明治，很難想像會發生什麼。

「才沒有呢，總之這是給你的，盒子記得還我。」

「好，妳應該沒有下毒吧？」建國盯著那份三明治，他還是第一次收到這樣的禮物。

「怎麼可能，你就別想太多。那麼之後你打算去哪裡呢？」

「去四國，那裡肯定比這裡溫暖得多，那妳呢？」

「我還有一個多月呢，跟某個半途逃跑的人不同，之後應該會去富良野。」

「找好工作了？」

「是啊，都說好了。」

「嗯……」建國本來還打算說些什麼，但他注意到芳瑜脖子上的那條圍巾，沒想到她還真的拿來用了，「謝謝妳的三明治。」

「就這樣？」

「還有，離開的那天晚上去吃一平吧。」建國提起了另一間居酒屋。

「那是沒問題，不過這次是分開付喔，我可不想再讓你請客了。」

「妳說了算。」

兩人走過街道上的細雪，留下足跡，踩出細微的聲響。建國望著道路盡頭能看見的洞爺湖，與溫泉街的街道，他突然有些不想要離開這裡。以後可能都看不見這樣的景色了，可是他與她的旅程仍要繼續。

人到中年

進到小酒吧前，從門縫間傳來津軽海峡・冬景色－石川小百合的演歌，更添了兩人此時的氛圍。坐在吧檯前，吉川一邊向吧檯小姐沙織介紹著建國，一邊喝著杯中的燒酎。他已經喝了很多了，但意識還是很清楚，每過一段時間吉川就會拍著建國的背，自豪的對沙織說：「這是我最優秀的同事，建先生。」

這也是建第一次來到日本的小酒吧，裡面的燈光有些昏暗，沙織小姐確實如吉川所說的相當漂亮，她穿著一件深黑無肩的連身裙，將姣好的身材展現在兩人面前。除了吉川與建國兩人的喝酒外，沙織也會參與話題，讓氣氛保持著熱絡。在三人閒聊的過程裡，沙織也會將酒水準備好，不會讓兩人的杯子空了。

建國覺得自己多少能理解為什麼有些人喜歡泡在酒吧裡，如果每天忙碌、疲憊的走進這裡，一切都會準備好。喝著一點小酒，就有勇氣抱怨工作上的不如意，生活的煩惱，或是那些很難對他人傾訴的事情。混著酒的容器攪拌著冰塊聲，清澈響亮，這裡還有熟悉的音樂，溫柔交談的女聲。喝下一點小酒，一切就會像是被施了魔法，忘記寂寞與煩惱。但要是太沉浸在這樣的世界裡，現實也就很難回得去。就像夢一樣，再美好都會醒來，所以夢總是忘得很快。要是太眷戀於夢，困在夢境與現實間，人便容易失去方向。日子渾渾噩噩，載浮載沈，即便活著也是種痛苦。

期間裡吉川讓沙織唱幾首歌曲，她也熟知吉川愛聽的歌，唱了數首與鄧麗君有關的歌曲，像是償還、與悲傷共舞、離別的預感以及大阪陣雨：「讓我獨自生活，那是不可能的，在霓虹燈下，邊哭邊依偎在你身上。霓虹燈刺痛著雙眼，北方新地充滿過往回憶，如雨一樣把夢也淋濕了。啊～大阪陣雨。」每首歌吉川都會激動地叫好，眼角也有藏不住的淚水。

儘管建國盡可能的讓吉川多喝一些，但他真的不容易喝醉，至少比建國認識的人都能喝太多了。建國覺得自己酒意上來後，他便帶著吉川離開酒吧，兩人沒有叫計程車，建國是扛著吉川走著的，這是他第一次扛著酒醉的人，夜晚的街道上還有些融雪，要避免不滑倒都很難。與其說是走路，不如說是跳著散亂的舞蹈，每一次建國吃力的攙扶起對方，便會感受到一份壓在肩膀上的重量。

走著這一段路的時候，建國想起吉川帶他吃燒肉的那一個晚上，他獨自一人走回宿舍的回憶。他再次想起了自己的父親，他們之間就像某種關係複雜的競爭對手，如果關係沒有變得如此尷尬與複雜，建國可能一點也不會強迫自己成長，他希望自己能不要變得像父親一樣。也或許是因為喝了酒的關係，他突然想起很多事情，那不光只是過去的，還有未來的，這些在這之前彷彿都還不確定，而到了現在，問題好像變得相對明顯。

我的中年會是怎麼樣的呢？

建國不經思考著這樣的問題，其實剛開始認識吉川的時候，建國並沒有很看得起他，尤其在知道他離婚的事情，與每天喝著酒，簡直就是落魄的中年大叔。但是比起吉川，建國根本無法保證自己的未來不會走上跟他一樣的路，自己可能會有一段好的婚姻嗎？會有一份穩定的工作嗎？說不定自己也會在一個不為人知的鄉下工作著，就這麼逐漸老去。這是建國一直再逃避的問題，如今卻清晰的出現在他的眼前。

在走著那段路的時候，吉川哼唱著（酒與淚與男人與女人－河島英五）：

「很想要將它忘掉啊，但怎麼也辦不到，真是令人感傷。當一個男人為情所困時，就只好喝酒了。喝吧、喝吧、喝乾吧、喝吧；喝吧、喝到醉、喝到、睡著吧；不久之後、男人就會默默地睡去。」

建國聽著也跟著唱了起來，兩個男人在這個時刻彷彿有了某種連繫，唱著五音不全的歌。眼淚流出來是悲傷的，心裡卻是快活的。因為感受到活著的美好，別人如果看見就讓他笑吧，反正到了隔天，新的雪覆蓋了，酒醒了，什麼都不再了。

那是一條漫長的路，彷彿沒有盡頭，明明距離不遠，卻彷彿怎麼走都走不到。細雪下著，兩個人踩著搖晃不定的步伐，再吃力也能走下去。人生也好，未來也罷，再怎麼不如意，還是會到達的。

「我真的很不希望你離開，你就像是我的孩子。」吉川在最後向建國哭訴著。這句話聽在建國耳裡卻像是，「未來不論是遇到什麼困難，請不要放棄的堅持下去。」

那是一個告別的夜晚，也同時是一個新的開始。

終

建國離開後的隔天早上，吉川走在通往旅館的街道，今天還是會很忙，還有很多棘手的旅客，一切都一如往常。他望著天空飄散的細雪與遠方的街道，突然間他就像是看見自己妻子的身影，雖然吉川很快就意識到那只是他看錯，但有那麼一瞬間，他希望這能發生。或許該主動與妻子聯繫，但該說什麼好呢？他們之間除了爭吵外，就不會談起別的。說起建國的事情或許不錯，雖然那樣的對話會變得有些詭異。還是打消這個想法吧，吉川對自己說道。但聯繫孩子，或計畫一場到台灣的旅行，那還有些可能。

隨即當吉川意識過來的時候，他已經摔在雪地上，原來他剛才踩到了一塊不顯眼的融雪。吉川本來想要抱怨上幾句，但他只是尷尬地笑了笑，他將雙手插在口袋裡，緩步向旅館走去，輕哼著（微醺－河島英五）：「悲傷它總是選在幸福出現的那一天，像風一般出現，又像夢一樣消逝。只管去做你想做的事情，不必在意命運的變化。人與想法都將結束，季節輪替，也許有一日會再相見。看著時光飛逝，就像花海一樣。一切的煩惱都會得到釋懷，一切需要得到幫助的人都會被拯救。季節變換，陽光會灑落下，在那片花海上。」

圖14　昭和新山（晴）

後記

此書準備出版時已經是2022年初，時隔五年，期間發生滿多事情，疫情也已兩年有餘。未來變得更加難以預測，但仍必須做好計畫與準備。也慶幸這幾年認識不少同好與創作者。

關於作品，其實我主要是想以吉川當主角，並以他為主去描寫一個中年男子的故事，在另外一個版本，比較偏向傳統，純寫著對未來迷惘的建國，與中年不得志的吉川，從同事情誼、師徒情感、到最終形如父子的關係，更加冰冷、孤獨、寂寞與無情，而非像本篇一樣混入許多元素或類型。我不確定那樣的作品是否更好，但純寫孤獨、人生不如意的作品已有很多，我希望作品最終能呈現給讀者的是更加豐富、多元的，且比較偏向我或是這個時代比較常接觸的元素。就如同當時我在那裡工作的時候所見的不只是孤獨、或是生活的無奈，就像是溫泉旅館，或是人與生活都充滿不同的變化。此外這部作品裡也放入不少歌曲，其中多半是演歌，歌手以河島英五與鄧麗君為主，用來提升中年男子的心境，另一方面是在不同國家都耳熟能詳的歌手。

最後，若之後疫情解除旅遊變得方便，有機會去北海道旅行時，也不一定要在冬季，夏秋的景色也十分美麗，尤其是一些需要長時間的深度旅遊，亦能帶來不同的體驗。也期待能在後續的作品再見。

附錄一、地址

1. 洞爺湖溫泉－〒049-5721　北海道虻田郡洞爺湖町洞爺湖溫泉142
2. 溫泉旅館（ホテルグランドトーヤ）－〒049-5721　北海道虻田郡洞爺湖町洞爺湖溫泉144
3. 戀亭（めん恋亭ラーメン）－〒049-5721　北海道虻田郡洞爺湖町洞爺湖溫泉4
4. 一平（味の一平）－〒049-5721　北海道虻田郡洞爺湖町洞爺湖溫泉4-11
5. 牛助（焼肉　ジンギスカン　ラーメン　牛助）－〒049-5721　北海道虻田郡洞爺湖町洞爺湖溫泉144-50
6. 金城（焼肉　金城）－〒049-5721　北海道虻田郡洞爺湖町洞爺湖溫泉63

附錄二、歌曲

1. 被時代遺忘的男人（時代おくれ）－河島英五
2. 雪花（雪の華）－中島美嘉
3. 少年銀河－鏡音リン・レン
4. 北方旅人（北の旅人）－石原裕次郎
5. 我只在乎你（時の流れに身をまかせ）－鄧麗君
6. 津軽海峡・冬景色（つがるかいきょう・ふゆげしき）－石川さゆり
7. 離別的預感（別れの予感）－鄧麗君
8. 償還（つぐない）－鄧麗君
9. 與悲傷共舞（悲しみと踴らせて）－鄧麗君
10. 大阪陣雨（大阪しぐれ）－鄧麗君
11. 酒與淚與男人與女人（酒と涙と男と女）－河島英五
12. 微醺（ほろ酔いで）－河島英五

國家圖書館出版品預行編目

忘年之雪/羽尚愛著. -- 桃園市：汪玉川,
2022.03
面； 公分
ISBN 978-957-43-9909-3(平裝)

863.57 111003311

忘年之雪

作　　者／羽尚愛
出版策劃／汪玉川
製作銷售／秀威資訊科技股份有限公司
114 台北市內湖區瑞光路76巷69號2樓
電話：+886-2-2796-3638
傳真：+886-2-2796-1377
網路訂購／秀威書店：https://store.showwe.tw
博客來網路書店：https://www.books.com.tw
三民網路書店：https://www.m.sanmin.com.tw
讀冊生活：https://www.taaze.tw

出版日期／2022年3月
定　　價／280元